Jens Kirsch

# ComeOn

AF235687

Stadt oder Land? Die Frage, wo die Menschen der Zukunft leben werden, tritt in der heutigen Zeit immer mehr in den Hintergrund. Wir versprechen Ihnen nicht nur eine schöne Wohnung oder ein schönes Haus. Nein, wir laden Sie ein, an einem Zukunftsprojekt teilzunehmen. Gut wohnen kann schließlich jeder. Aber sind die Wohnungen für jedermann nachhaltig gebaut? Und vor allem, sind sie auch sicher? Der Mensch ist ein gesellschaftliches Wesen und genau hier setzt ‚ComeOn' an. Erleben Sie hier und jetzt, was die meisten Menschen dieser Welt vermissen müssen: Gemeinschaft! Ihnen sind die Utopien verloren gegangen? Kein Problem, mit uns werden Ihre Träume Wirklichkeit!*

*Aus einem Prospekt der Firma ‚ComeOn – Wohngemeinschaften AG'

Jens Kirsch

# ComeOn

Roman

Die Figuren und Orte des Romans sind allesamt erfunden. Überschneidungen mit der Realität sind reiner Zufall und haben nichts zu bedeuten.

© 20222, Jens Kirsch
Herstellung und Verlag: BoD – Books on Demand, Norderstedt
ISBN: 9783754383544

Cover: Mila in Gefahr – Gemälde von Jens Kirsch (frei nach ‚Geburt der Venus' von Sandro Botticelli)

# Inhalt

# Prolog

Eva lauscht. Sie liegt ganz still auf dem Rücken und versucht sich zu erinnern, was sie so abrupt aus ihrem Traum gerissen hat.

Eben noch wandelte sie auf einem Boot umher, an das Bild einer langen Liste erinnert sie sich; das Blatt lag auf dem Tisch einer holzverkleideten Bootskajüte. Hatte sie der Inhalt des Schreibens so schockiert?

Nichts zu machen, ihr fällt es nicht mehr ein. Sie hat nichts gegen Träume, denn sie ist der Meinung, dass die Menschen mehr auf ihre Träume achten sollten, weil ihnen das Unverarbeitete auf der Seele liegt. Na, mit solchen Sachen kennt sich ihr Mann schließlich aus. Wie auch nicht, als Psychologe. Sie wird Björn einfach fragen, wenn es wieder hell ist.

Plötzlich schießt es ihr siedend heiß durch das Bewusstsein: Sie ist allein. Das ist es, was sie geweckt hat!

An der Wand neben dem Bett spielen die Schatten, die der Baum wirft, den sie vor Jahren selbst gepflanzt hat. Es ist ein Eschenahorn. Die Schatten tanzen und die graue Wand wird dort, wo die Schatten nicht sind, gelb vom seltsam künstlichen Licht der Straßenlaternen. Vielleicht sollte sie einfach die Rollos herablassen?

Aber das mag sie nicht, denn dann fühlt sie sich ein wenig wie lebendig begraben. Darüber konnte Björn immer nur lachen. Ihm ist es egal, ob es hell ist oder dunkel, ob es laut ist oder leise: wenn er die Augen zu hat, dauert es keine zwei Minuten und er schläft den Schlaf der Gerechten! Ob er schnarcht? Na klar schnarcht er!

Eva lächelt, dreht sich auf die Seite und streckt den Arm aus. Dann streicht sie mit der Hand über das Laken. Kühl ist es, so ohne die Wärme des Menschen, den sie so liebt.

Ja, die Stille ist es, die sie auffahren ließ. Sonst lebt das Haus; irgendjemand ist immer unterwegs. Nadja musste jede Nacht raus und Mila mit ihrer Schlafwandelei erst! Wie oft hat sie das Kind beobachtet, wenn es vor der Treppe zum Erdgeschoss stand und anscheinend überlegte, ob der Weg hinab überhaupt lohnt. Das Kind? Was werden ihre Mädchen gerade tun?

Und Björn? Na, wenigstens ist es dort, wo er jetzt ist, sicher. Sicherheit war ihm schließlich immer wichtig. Wieder muss Eva lächeln.

In der Ferne hört sie das ewige Krachen auf der Autobahn. Himmlische Ruhe? Von wegen! Auch so ein Versprechen, welches gebrochen wurde. Aber waren sie nicht selbst daran schuld. Haben sie nicht jeden Mist geglaubt, den ihnen die Vertreter von ComeOn, der Wohngemeinschafts AG, zugesichert hatten? Dabei wussten sie doch, dass das Gemeinschaftsmodell der Firma noch ganz am Anfang stand, als sie sich entschlossen hatten, das Haus hier am Rande der Stadt bauen zu lassen.

Eva schlägt das Deckbett zurück. Da kann sie auch gleich aufstehen. Ihr Entschluss steht nun fest: Sie wird ComeOn wieder verlassen, koste es, was es wolle!

## Das Nest

Es scheint einen Zusammenhang zwischen stabilen Familien und einem gesicherten Wohnumfeld zu geben. *

*Aus einem Prospekt der Firma ‚ComeOn – Wohngemeinschaften AG‘*

Im Jahr 2020 wurden in Deutschland durch richterlichen Beschluss rund 143.800 Ehen geschieden. Die Zahl ist gegenüber 2019 um knapp 5.200 oder 3,5 % gesunken.**

**Statistisches Bundesamt (Destatis)*

## Vater, Mutter, Kinder

Franka und Gode hatten richtig Glück. Weil Godes Vater Offizier war, und die Stadtoberen den Mitarbeitern der Militärmedizinischen Sektion der Universität gehörige Privilegien einräumten, bekamen sie eine Wohnung in der Straße des Friedens zugewiesen.

Zwei Zimmer in der vierten Etage waren es, mit einem kleinen Keller, in welchem die Briketts lagerten und einem Balkon, von dem aus zu sehen war, ob die Kaufhalle gegenüber gerade eine Fleischlieferung bekam. Diese Lieferung stand immer an den Montagen auf Frankas Terminplan, und sie stand bewaffnet mit einem Fernglas auf dem Balkon, um ganz genau sehen zu können, ob es die begehrten frischen Kochwürste gab, oder wieder bloß die einfachen Mettwürste, in denen mehr Fett als Fleisch verarbeitet war.

Frankas Schwangerschaft war fortgeschritten und Ende des Monats stand die Geburt ihres Kindes bevor. Die schweren Kohleeimer sollte Franka nun nicht mehr tragen. Godes Vater schleppte ihr gelegentlich mehrere Eimer hinauf, in die kleine Wohnung unter dem Dach, um sie im Bad abzustellen. Dort störten sie am wenigsten. Ihr Schwiegervater schleppte die Kohlen? Der Offizier?

Ja, Gode hatte sich das nicht ausgesucht, denn er leistete seinen Dienst ab, war eingezogen und ein Wehrdienstverweigerer war er nicht. Also stand er jeden Morgen auf, hampelte auf dem Kasernenplatz im Süden der Republik beim Sport umher, wenn er sich nicht drücken konnte.

Oft schwenkte sein Blick über die Mauern der Kaserne in Richtung Norden, denn hinter dem Hügel mit dem Holländer, so hieß der kleine Turm darauf, wusste er die einzelnen Bahnhöfe mit dem Namen zu nennen, die ihn von seiner Liebe trennten.

Gode hatte sich ein Motorrad mit Seitenwagen gekauft. Das Ding fuhr nicht schnell, aber zuverlässig, und wenn man das Verdeck über die Frontscheibe zog, hätten wenigstens die Kinder ein trockenes Unterkommen. So dachte er sich das, wenn er sich seine künftig vergrößerte Familie vorstellte.

Ihr Sohn Maik war schon etwas über ein Jahr alt und der kleine Kerl und sein Geschwisterchen sollten es schließlich trocken haben, wenn sie beim Papa in das Gefährt stiegen!

Im Frühjahr des Jahres 1978 würde Gode heimkehren.

Als der Geburtstermin näher rückte, stellte der künftige Vater einen Urlaubsantrag. Er war nicht gerade beliebt bei der oberen Heeresleitung, wie sie scherzhaft den Kompaniechef nannten.

Oberleutnant Stark freute sich über die Sehnsucht des Soldaten Gode und schickte ihn, als der Geburtstermin - es war ein Freitag - heran war, auf einen 24stündigen Wachdienst.

So konnte er dem verwöhnten, renitenten und dazu noch von oben geschützten Kerl endlich mal einreiben, wo der Frosch die Locken hatte.

Gode stand also in der Nacht, in welcher Eva geboren wurde, unter den Sternen und heulte. In den Siebzigerjahren war es absolut unüblich, dass Väter an der Geburt ihrer Kinder teilnahmen. Und so hatte er bereits die Geburt ihres Sohnes Maik verpasst. Aber dies nun, das war besonders doof! Selbst ein Anruf stellte ein Problem dar, denn die Telefonverbindungen im Arbeiter- und Bauernstaat waren ein Graus.

Die nächste Reise in den Norden konnte jedoch selbst der rachsüchtige Oberleutnant zwar verzögern, nicht aber verhindern.

Und so machte sich Gode auf den Weg, im Herzen ein Lied und den Rucksack voller Bier. Bis Berlin Lichtenberg ging alles glatt, dann war die flüssige Bahnfahrt zu Ende. Der nächste Zug würde erst am nächsten Morgen fahren. Geduld war in dieser Situation nicht Godes Stärke und er nahm den nächstbesten Zug in Richtung Norden. Dummerweise hielt der Zug nicht dort, wo er hin wollte, sondern am Bahnhof Rügendamm.

Kein Problem, dachte er sich und stieg in der Nacht, so gegen ein Uhr, in ein Taxi, welches ihn bis vor die Tür ihres Heims in der Straße des Friedens fuhr.

„Das macht einen Fuffi!", sagte der Fahrer. Die Preise waren damals noch echt moderat! Gode grabbelte im Portemonnaie. Mehr als ein Zehner war nicht mehr drin.

„Ich klingel mal kurz, dann gebe ich Ihnen das Geld!"

Der Taxifahrer packte Gode am Arm.

„Nee, mein Freundchen, so geht das nicht! Dann gib mir mal den Ausweis als Pfand, verstehste?"

Gode rollte mit den Augen.

„Spinnst du? Ich gehe nur bis da rüber, siehst du da das Klingelbrett?"

Der Fahrer ließ nicht los, sein Griff wurde noch etwas härter.

„Weißt du, solche Arschlöcher in grau wie dich, fahre ich laufend vom Bahnhof weg. Und eins weiß ich: Ihr könnt unwahrscheinlich gut rennen… Also, her mit dem Ausweis, anders wird das nichts. Ich bin nicht so gut zu Fuß!"

Gode gab ihm also den Ausweis. Dann drückte er die Klingel; im Treppenhaus ging das Licht an.

Gode trat zurück und sah, wie Franka Etage um Etage herabstieg. Als er sie in den Arm nahm, ging das Licht wieder aus. Das machten Zeitschaltuhren, die schalteten sonst immer im falschen Moment. Aber diesmal passte es ganz gut.

Das Licht ging also aus und Gode schluchzte in Frankas Haare.

„Ihr habt mir so gefehlt… hast du mal einen Fuffi für mich?"

Sie mussten erst nach oben, dann rannte Gode wie der Wind mit dem Friedrich Engels Porträt wieder nach unten, riss dem Taxifahrer den Ausweis aus der Hand und verschwand mit einem freundlichen ‚Leck mich am Arsch!' wieder in der Dunkelheit.

Dann standen die beiden am Bettchen Evas, welches neben dem Sofa stand, das sie nun Nacht für Nacht aufklappen würden, damit es zu einer breiteren Schlafstatt würde. Schließlich sollte Maik nicht gestört werden.

„Kannst sie ruhig in den Arm nehmen!"

Gode hob das Mädchen vorsichtig an.

„Die ist aber leicht!"

Ja, gegen Maik war Eva ein rechtes Fliegengewicht. Mit 2500 Gramm Geburtsgewicht befand sie sich hart an der Grenze zur Untergewichtigkeit. Maik war dagegen als Siebenpfünder ein echter Brocken gewesen!

In dieser Nacht schlief das Mädchen zwischen den Eltern und am nächsten Morgen klapperte Maik im Nachbarzimmer umher. Franka drehte sich zu Gode und flüsterte:

„Der Mikki, der hat vorige Woche am Sonntag gaaanz lange geschlafen. Ich bin hier umhergegangen, wie ein Geist. Dabei hatte er sich die Kohlen mit ins Bett genommen und damit gespielt."

Nun musste sie doch lachen und Eva spitzte die Lippen und rollte mit den Augen. Maik war also zu Mikki geworden. Während Franka die Brust aus dem Nachthemd holte und das Mädchen anlegte, streckte Gode die Hand aus und fühlte am Windelpaket.

„Das sieht irgendwie sehr zierlich aus … und nass ist es auch!"

Später wickelte Gode seine Tochter das erste Mal.

„Verdammt, die hat keinen Hintern!"

Die kleinen Beinchen schienen direkt aus dem Leib zu kommen.

„Ooch, so eine kleine Süße!"

Gode gab der Kleinen einen Schmatz auf den Bauch.

Als Gode schließlich seinen unfreiwilligen Dienst absolviert hatte, war er zwanzig Jahre alt. Franka hatte ein halbes Jahr Vorsprung. Und sie hatte eine abgeschlossene Berufsausbildung als Agrotechnikerin. Die Studienvermittler wollten Gode nach dem Abitur zum Berufsoffizier machen oder wenigstens eine Verpflichtung zu drei Jahren Wehrdienst erzwingen. Da schaltete Gode auf stur und meinte, dass er dann eben gleich überhaupt nicht studieren würde. Auf solche Art von Zwang reagierte er allergisch. Nach dem Wehrdienst war er ganz froh, dass er sich so entschieden hatte, denn die Armee war ihm von Herzen verhasst. Und so machte er sich voller Hoffnungen auf in den Norden, um mit Franka und den beiden Kindern ein selbstbestimmtes Leben zu beginnen. Zunächst musste er Geld verdienen. Gemeinsam mit Franka wurden die beiden jungen Eheleute in einer Genossenschaft vor den Toren der Stadt vorstellig. Der Vorsitzende zeigte sich hell begeistert, eine so qualifizierte Kraft wie Franka einstellen zu können. Den Abiturienten ohne Ausbildung nahm er wohl nur als notwendige Begleiterscheinung in Kauf.

Das Gute an den beiden Arbeitsverträgen war die gleichzeitige Zuweisung von Kindergarten und Krippenplätzen im Nachbardorf und bald schon arbeiteten Franka und Gode in der landwirtschaftlichen Produktion: Franka brachte im ersten Sommer die Ernte mit ein, während Gode noch vor der Ernte mit der Frauenbrigade Steine von den Äckern sammelte. Oftmals ließen ihn die derben Späße der Frauen erröten. Es ging recht drastisch zu, dort auf dem Lande.

Als er eines Tages eingeteilt wurde, um Mist mit dem Trecker auf einem Acker in der Nähe des Meeres auszubringen, sprang er aus seinem MTS 52, löste die Verriegelung der Klappe auf der Seite, auf welcher der Dung herunterrutschen sollte, und betätigte die Hydraulik. Was Gode nicht bedacht hatte war, dass bereits auf der anderen Seite die Kippvorrichtung ebenfalls gelöst worden war.

Er war schon ein rechter Stümper, was die Landwirtschaft anging. Jedenfalls rutschte ihm der Mist samt Hängeraufsatz vom Fahrgestell. Es dauerte mehrere Stunden, bis er ein Stahlseil geholt hatte und den Aufsatz wieder so auf das Untergestell gezerrt hatte, bis er die Verriegelung wieder einklinken konnte.

Auch als ihn sein Meister zum Walzen der Rüben schickte, machte er nur Unsinn, denn hinterher waren die Spuren nicht mehr zu erkennen. Meister Nürnberg rollte nur mit den Augen, als er sah, wie der junge Gode mit der vermeintlich einfachen Aufgabe umgegangen war. Die ganze Arbeit umsonst und das sagte er ihm auch:

„Also, min Jung, du hast ja wohl keine Ahnung von der Landwirtschaft!" und er kratzte sich den Kopf.

Gode war eingeschnappt und als er seinen ersten Lohn bekam, fiel er aus allen Wolken. Das waren glatte 435,- Mark und die waren ihm echt zu wenig. Seinen Führerschein hatte er schon vor dem Wehrdienst gemacht, so dass er sich als Kraftfahrer bei der Post bewerben konnte.

Die nahmen ihn gern, und von da an fuhr Gode die Landkraftpostlinien am Bodden ab. Sein Gehalt stieg auf mehr als das Doppelte. Mit den Nachtzuschlägen verdiente er manchmal sogar darüber hinaus. Nicht unwichtig und noch viel besser war sein gemütlicher Chef, der Erwin.

Struppi, wie ihn die Kollegen nannten, war ein ruhiger Mensch, der sich durch nichts aus der Ruhe bringen ließ. Das musste auch so sein, denn die Arbeit, das Verteilen der Postsendungen auf den letzten Kilometern des Landkreises, war eine Herausforderung, wenn man bedachte, wie die Lastautos so aussahen!

Zu der Zeit kam Godes Mutter, die als Schuldirektorin genau in dem Dorf arbeitete, in welchem Mikki und Eva in den Kindergarten und die Krippe gebracht wurden, auf die Idee, Erweiterungsbauten für die viel zu kleine Schule im Umland zu suchen. Sie tat ein altes Haus nach dem anderen auf, denn zu der Zeit war Stadtflucht absolut kein Thema. Das Gegenteil war der Fall – alle Welt wollte die alten heruntergekommenen ehemaligen Tagelöhnerkaten loswerden, um mit Komfort in modernen Neubaublöcken zu wohnen.

Franka und Gode war es allerdings viel zu eng geworden und die Aktivitäten ihrer Kinder ließen sich schlecht ausleben in der kleinen Wohnung.

Als Godes Mutter erzählte, dass sie ein Bauernhaus mit Stall und Scheune aufgetan hätte, welches sie in irgendeiner Weise in den Schulbetrieb einbinden wollte, vielleicht als Schulgartengebäude mit zusätzlichen Unterrichtsmöglichkeiten, schauten sich Franka und Gode das Haus an. Es war gewaltig. Allerdings stürzte das riesige Gebäude auf der Scheunenseite schon ein und es war nur noch eine Frage der Zeit, bis sich auch der leer stehende Stall wie ein krankes Tier zum Sterben niederlegen würde.

Im Hause wohnte eine alte Frau. Deren Kinder hatten schon neu gebaut und so hauste sie dort ganz allein. Als Franka mit der Frau sprach, kamen sie ganz von selbst auf einen möglichen Wohnungstausch. Das Haus wurde auf einen Einheitswert von zehntausend Reichsmark geschätzt und weil es bereits so furchtbar wurmstichig im Gebälk war und der Mond schon durch die Löcher in der Schilfeindeckung scheinen konnte, gab es noch einen Preisnachlass. Sie konnten das Haus für dreitausend Mark erwerben.

Selbst diese vergleichsweise geringe Summe hatten sie zwar nicht, aber Godes Vater borgte ihnen das Geld gern.

Nach wenigen Wochen war der Wohnungstausch vollzogen. Die Möbel der jungen Familie reichten bei weitem nicht, um das große Haus zu möblieren. Aber das brauchten sie auch nicht, denn die alte Frau wusste mit ihren Möbeln nicht wohin. Was sollte sie noch mit dem großen Ehebett, den wurmstichigen Kleiderschränken und ihren alten Truhen? Manches Zimmer blieb also unverändert und die junge Familie zog aufs Land. Die Postautos der Landkraftpostlinien besaßen als Lastwagen an Transportkapazitäten genug.

Dann kam der Winter des Jahres 1978 und das Land versank unter einer dicken Schneedecke. Die Holzvorräte hinter der Tenne reichten locker aus, um das Haus zu heizen, und als in den Neubauwohnungen der Strom ausfiel, bekam das die kleine Familie nur gerüchteweise mit.

Gode machte sich mit Skiern auf den Weg, um Brot und Milch zu kaufen. Auf dem Rückweg kam er in ein dichtes Schneetreiben und die wenigen Kilometer bis nach Hause wurden zur Qual. Dann verfehlte er auch noch den kleinen Ort, weil er über den Acker abgekürzt hatte.

Erst als er die Lichter eines vorbeifahrenden Zu-ges sah, wusste er, dass er zu weit in Richtung Westen gelaufen war. Von da aus musste er nun gegen den steifen Ostwind zurück. Wie ein Polar-forscher stapfte er durch das Schneetreiben, bis er die Silhouette ihres Hauses sah. Er hätte heulen können vor Erleichterung.

Am Abend kam die Nachbarin, deren Mann wie Franka bei der landwirtschaftlichen Genossen-schaft arbeitete und bat um ein Brot, welches ihr die neu Hinzugezogene selbstverständlich gern gab. Gode jedoch motzte umher. Er war sauer. Der Nachbar arbeitete als Traktorist und der Traktor stand, mit einem Schiebeschild ausgestat-tet, direkt vor der Tür des Nebenhauses. Warum fuhr der Kerl denn nicht selbst los und holte Brot? Gode maulte also weiter umher, bis Franka schließlich die Tür zur Stube zuknallte.

Später blieben selbst die großen Traktoren im hohen Schnee einfach stecken und ihre kleine Ortschaft versank verkehrstechnisch im Dornrös-chenschlaf, ganz und gar von der Außenwelt ab-geschnitten. Das war bei weitem nicht so schlimm wie in der Stadt, denn der Brunnen gab Wasser, die Feuer glühten in den Öfen und wenn der Strom ausfiel, war das nicht schlimm. Dann zündeten sie einfach Kerzen an.

Im Keller lagen Möhren und Kartoffeln und in den Regalen stapelte sich das gute Eingeweckte. Keiner im Dorf musste hungern. In den Nächten sahen sie, wenn die Schneetreiben nachließen, ob in der großen Stadt Strom da war oder auch nicht, denn dann lag die ganze Welt, der ganze Himmel in Richtung Süden, dunkel und still vor ihnen. Kein Zug fuhr mehr, kein Auto war zu hören, kein Vogelzug zeigte sich am Himmel. Es war, als wäre die Zeit um Jahrhunderte zurückgestellt worden.

In diesen Tagen starben mehrere Menschen; ein Besucher aus dem Westen Deutschlands rastete mit seinem Mercedes nur wenige hundert Meter entfernt, auf der nahen Fernverkehrsstraße. Niemand war dabei, als ihm das Benzin ausging und der arme Mann einfach erfror.

Jahre später starb an der gleichen Stelle ein Mann aus dem Nachbardorf, dem der ungesicherte Bierkasten um die Ohren flog. Bloß, der war schließlich selbst daran schuld.

Die Schneewehen wuchsen also bis in die erste Etage und Gode buddelte einen geräumigen Iglu in die Schneemassen. Mikki war begeistert.

Später standen die Bewohner des kleinen Ortes gemeinsam mit Gode an der Ausfahrtstraße und schaufelten Schnee. In der Ferne sahen sie ein gelbes Auto. Hier auf dem flachen Land, so hieß es, kann man den Besuch schon vier Wochen vorher kommen sehen.

Das Auto also bog in die Stichstraße ein und fuhr sich im Schnee fest. Gode stützte sich auf die Schaufel und sah ungerührt zu, wie sich sein Chef Erwin durch die Schneemassen kämpfte und schließlich leicht schnaufend vor ihm stehen blieb.

„Gode, warum kommst du nicht zur Arbeit?"
fragte er mit vorwurfsvollen Blicken.

Mit dem Trecker gelang es nach ewigem Hin und Her, das Postauto aus den Wehen zu zerren.

Einige Tage später schaffte Gode es schließlich, mit dem Seitenwagenmotorrad wieder in die Stadt vorzudringen.

Von da an fuhr er wieder Tag für Tag oder auch Nacht für Nacht durch den Landkreis und brachte die Post zu den kleinen Verteilzentren. Das öffentliche Leben kam wieder in Gang.

Die Menschen in der Stadt hatten eine schwere Zeit hinter sich, als der Strom nur gelegentlich da war und die Lebensmittel gehamstert wurden.

Selbst die Fernwärme fiel aus, weil die Bediener der Reaktoren im doch einige Kilometer entfernten Atomkraftwerk mit den dramatischen Umweltbedingungen kämpfen mussten. In eisiger Kälte fasste manchem in den Wohnzellen die nackte Existenzangst an das Herz. Alle, aber auch alle Provisorien wurden genutzt, um es wenigstens den Kindern hinter eisbedeckten Scheiben ein wenig warm zu machen.

Die Kinder! Mancher Mutter lag ein stummes Gebet auf den Lippen: ‚Mach‘, dass es wieder wärmer wird‘.

Mancher Vater schlich mit missmutigen Blicken durch die Stadt, um Ausschau zu halten, in welcher Kaufhalle Tauchsieder oder Warmluftgebläse angeboten wurden. Denn das war der Fluch der neuen Zeit: Durch Arbeitsteilung und Spezialisierung entstand eine völlig neue Verzahnung der Mitglieder der modernen Gesellschaft. Du selbst konntest zum Wohle aller im Lande aktiv werden, deine Arbeit wichtig und unerlässlich sein, aber ob die Früchte des Wirkens der anderen bei dir ankommen würden, blieb fraglich. Ein scheinbarer Widerspruch, denn die Arbeitsgebiete des Einzelnen spezialisierten sich zwar immer feiner, die Arbeitsumgebungen jedoch schmolzen gleichzeitig zu immer größeren Konglomeraten zusammen.

Die Familie, die Keimzelle der bürgerlichen Gesellschaft, verlor langsam aber sicher ihre bisherige soziale Funktion. Der Staat förderte die Entstehung neuer Industriezweige, deren Arbeit vorher still und leise in der Familie erledigt wurde. Die staatliche Übernahme der Kinder- und der Altenpflege gehörte dazu.

Warum noch einen Familienverband pflegen, wenn letztlich für jedes Individuum am Anfang und am Ende seines Lebens feststand, dass es aus der Familie am Anfang und am Ende ausgestoßen werden würde? Die Anzahl der Einpersonenhaushalte stieg mit der Industrialisierung rasant an. Die Zahl der vereinsamten Menschen, die am Ende ihres Lebensweges angekommen, klammheimlich in den Urnenfeldern der anonymen Bestattungsfelder verschwanden, ebenso.

Die modernen Menschen hatten mit dem Gewinn der Planungsmöglichkeiten für ihre Zukunft das Erleben der Gegenwart aus den Augen verloren.

## Das erste Haus

Die Scheune musste abgerissen werden. Zuvor raus, alles raus! Es gab einen Interessenten, der sich aus den Eichenbalken ein Bootshaus bauen wollte. Franka und Gode verkauften also die Balken der Scheune für fünfhundert Mark an einen Kollegen von Godes Vater.

In der Scheune stand noch ein alter Hänger. Ein privater Fuhrunternehmer wollte das Ding gern nehmen. Weil der gleich neben der Mülldeponie vor den Toren der Stadt wohnte, schaufelten sie sämtlichen Müll aus dem Garten und der Tenne auf diesen Hänger.

Unter dem letzten Rest verbarg sich eine fette Ratte. Als sie verzweifelt fliehen wollte, schlug Gode mit der Schaufel nach ihr. Dummerweise war der Hund, den sie sich inzwischen zugelegt hatten, etwas schneller und die Schaufel traf das Tier am Kopf. Verblüfft ließ er die Ratte wieder los, die ihn daraufhin in die Nase biss.

Der Hund schrie auf, schüttelte das Tier ab und biss diesmal richtig zu. Es knackte und die Ratte erstarrte. Vorbei war es mit dem Leben des kleinen flinken Tieres, welches so lange so schön ungestört im Dreckhaufen leben durfte. Gode war ein wenig erschrocken, denn er wollte dem eigenen Hund selbstverständlich kein Leid zufügen.

Später, als ein noch etwas stattlicheres Exemplar Einzug unter dem Holzklappsitz ihres Toiletteneimers hielt, bekam diese Ratte den Namen Plato. Franka schaffte es schon nicht mehr, sich jedes Mal aufzuregen, wenn der glatte Rattenkörper ihr einfach gemauertes Toilettenkabuff zu ihren Füßen verließ, gerade nachdem sie Platz genommen hatte, um sich zu erleichtern.

Die Zeit der Eimerkackerei hielt sich vielleicht auch wegen Plato in Grenzen, denn die Bemühungen um eine zentrale Wasserversorgung wurden zielstrebig vorangetrieben. Außerdem fluchte Gode jedes Mal, wenn er den übervollen Jaucheeimer in den Garten tragen musste. Die überstehenden Häufchen versanken durch die Wackelei des Tragens langsam aber sicher in den undurchsichtigen Eimertiefen.

Der Moment, an welchem der Eimer überlaufen musste, konnte durch äußerste Vorsicht herausgezögert werden. Das Einsetzen des Überlaufens wurde dann im Stall durch den Beginn einer Linie aus gelbbrauner Soße dokumentiert. Er schaffte es zwar, diesen Punkt in Richtung der Tür zum Garten zu verschieben. Der kleckerfreie Transport jedoch erwies sich als unmöglich.

Die Stelle, an welcher der erste Tropfen niederging, wurde bei der Rückkehr mit einem Kreidestrich dokumentiert.

Anfangs schaute Franka immer ihrem lieben Gatten entgegen, wenn er wieder von der ungeliebten Pflicht des Eimertragens zurückkehrte. Anfangs schaffte er es auch, ein wenig Freude aus dem Wettstreit mit sich selbst zu gewinnen, denn ab und an setzte das Tropfen etwas näher an der rettenden Türöffnung ein. Die Kreidestriche liefen zusammen, wie der Grenzwert einer unendlichen Reihe.

Gode musste das wissen, denn er hatte das Fahren mit dem Laster aufgegeben. Er studierte jetzt Mathematik. Franka freute sich auf den Sommer, wenn sie die winterlichen Ausweicharbeiten in der Wäscherei eines Dienstleistungsbetriebes wieder aufgeben konnte. In den Wintermonaten gab es für die vielen Beschäftigten der Genossenschaft regelmäßig Mangel an Arbeit. Die Oberen der Genossenschaft verliehen die Frauen der Gartenbaubrigade deshalb an die Uni. Aber ob in der

Stadt oder auf dem Land, die Arbeit für die Frauen war hart.

Und obwohl Franka an den Abenden erschöpft in den Bus stieg, freute sie sich auf ihre Kinder, auf den Mikki und die Eva, die ihr an den Türen des Kindergartens entgegenliefen. Die beiden waren auch zu schön! Blond und knuddelig? Welche Kurzbeschreibung hätte besser gepasst? Und wie durch einen gewaltigen Magneten induziert, floss der jungen Mutter Energie zu, wenn sie ihre Goldkinder anziehen durfte. Beide hatten gleiche weiche Latzhosen in dunkelblau und die Herzen flogen ihnen zu, passend zu den vielen weißen Pünktchen, die ihre dunklen Hosenlatze verzierten.

Nur beim Mikki, hinter den dicken Wänden des Kindergartens, herrschte ein Aas von Weib. Eine Matrone, die es faustdick hinter den Ohren hatte, kümmerte sich dort acht Stunden täglich um den kleinen Kerl. Einmal, als Franka nur ein wenig eher antrat, um ihren Jungen samt seiner süßen Grübchen in der Wange abzuholen, zerrte dieses Wesen aus einer anderen Zeit den kleinen Kerl aus einem Verbannungsort auf der Kellertreppe, oder wohin dieser dunkle Gang auch führen mochte.

Franka überlegte sich genau, ob sie diesen Vorfall zur Sprache bringen sollte und beschloss, die Sache auf sich beruhen zu lassen. Denn über eines war sie sich im Klaren: Die Frau, die ihren Sohn eingesperrt hatte, konnte sich über den ganzen Tag mit dem Kind beschäftigen, sie dagegen nicht. Immerhin war der Alten die Situation dermaßen peinlich, dass sie in der folgenden Zeit die Übergriffe unterließ.

Mikki wurde zu Maik und Maik kam in die Schule.

Die alte Wasserpumpe am Haus aber, die gab bald schon nach der Inbetriebnahme einer elektrischen Hauswasserversorgung den Geist auf.

Hat das alte Teil gespürt, dass seine Zeit gekommen war? Wohl eher nicht. Bei den alten Eisenrohren, die von einem quer über dem Brunnen liegenden Balken aus in die wasserführenden Schichten hinabreichten, fanden Gode und sein Klempner jedenfalls keine Lebenszeichen, außer einigen Fröschen, die vor Schreck aus ihren Ritzen sprangen und in der Tiefe verschwanden.

„Auweia, jetzt ist unser Brunnen verseucht!", sagte Gode und sah den Fröschen hinterher. Aber der Klempner winkte nur ab.

„Unsinn, die Biester leben doch im Wasser!"

Und der Klempner hatte sicherlich damit recht. Was beide in diesem Moment allerdings noch nicht wussten: Auch Godes Annahme stimmte, denn das Wasser war tatsächlich nicht mehr zu gebrauchen. Sie kamen darauf, als die Nachbarin Babynahrung aus dem Brunnenwasser kochen wollte und auf die Idee kam, das Wasser untersuchen zu lassen. Mit dem Bescheid über den Verlust der Trinkwasserqualität setzte ein jahrelanger Transport ihres Wasserbedarfes in Kanistern ein. Sie schnorrten bei Godes Eltern, bei Freunden im Nachbardorf, selbst am Tresen der Kneipe wurde Trinkwasser getankt. Zum Spülen ging die Brühe aus ihrem Brunnen noch.

Die Nachbarn gaben einer nach dem anderen diesen schlechten Abklatsch eines dörflichen Betriebes auf. Der Wohnort der kleinen Familie wurde Haus um Haus leergezogen, bis nur noch Franka, Gode, Maik und Eva in der ehemals florierenden Gutswirtschaft lebten. Sie wohnten quasi zwischen Stadt und Land, denn, bei aller Liebe, als Bauern konnten die einzigen Erwachsenen des Ortes nun weiß Gott nicht mehr durchgehen.

Als Franka und Gode einen ersten kleinen Aufbaukredit bekamen, der ihnen den Einbau einer Zentralheizung gestattete, standen die weiteren

Häuser plötzlich leer. Es war unfassbar. Kein Mensch wollte bei ihnen leben, alle zogen sie den bescheidenen Komfort neu errichteter Sammelbehausungen vor.

Selbst ihre Nachbarn, noch ebenso junge Leute wie sie, die doch eigentlich besser wissen sollten, was Platz und frische Luft bedeuten, nahmen ihre Kinder, schlachteten die Karnickel und zogen zwei Kilometer in Richtung Osten.

Dort standen sie nun, die Errungenschaften der neuen Zeit. Vollkomfortwohnungen mit Warmwasser und einem Heizofen, irgendwo neben dem Haus, mit Toilettenspülungen, die die Abprodukte der menschlichen Aktivität auf Nimmerwiedersehen hinter dem Allerwertesten verschwinden ließen. Ja, fortan konnte ihnen alles am Arsch vorbeigehen!

Maik und Eva wuchsen von da an in einem mehr und mehr verwilderten Areal heran. Gode ackerte sich durch Garten und Studium, Franka verdiente das Geld für alle.

Mit ein wenig gutem Willen hätte man das ganze Arrangement als idyllisch, als CO2 neutral oder als sonst etwas Positives bezeichnen können.

Es gab Verfehlungen in der Ehe der beiden, es gab Streit.

Aber die Kinder halten uns zusammen, so sagten sie sich.

Das Haus muss noch verbessert werden.

Eva braucht Ziegenmilch, stellte die Ärztin fest.

Dann müssen wir uns Ziegen anschaffen, wie soll das sonst gehen, mit der Ziegenmilch?

Maik benötigte dringend ein Fahrrad. Der Vater und der Sohn schliffen einen alten Fahrradrahmen vom Schrott ab und malten ihn neu an. Maik zeigte Begeisterung.

„Das wird ein Schrauber!", stellte Gode fest.

Eva dagegen schrieb Geschichten auf. An langen Abenden las sie sie vor. Sie sangen Lieder. Sie liebten sich.

Ein Haus nach dem anderen ging nieder.

## Eva wächst heran

Es ist in vielen Familien so, dass sich die Bemühungen der Eltern, auf sich selbst in irgendeiner Weise etwas Besseres folgen zu lassen, ganz und gar auf die Erstgeborenen konzentrieren.

Früher manifestierte sich dieses Bestreben in einem einfachen Spruch, dessen Anliegen die Betroffenen vor den massiven Einmischungen verstummen ließen, die ihnen die Eltern zumuteten.

‚Ihr sollt es einmal besser haben!'

Dieser Spruch hat sich als nicht besonders langlebig erwiesen.

Eva durfte bereits machen. Nicht gerade das, was sie wollte, aber sie durfte machen, was sie konnte. Und sie konnte manches!

Dem freundlichen Mädchen flogen die Herzen nur so zu. Ja, wie denn auch nicht, denn was die Menschen sahen, das war das Glück.

Unter mäßig hellblondem Schopf, die Mutter band die Haare meist zu zwei kleinen Pferdeschwänzen links und rechts des wohlgerundeten Köpfchens, spitzten zwei schalkhafte blaue Augen in die Welt. Die wohlgerundeten Wangen, wie bei ihrem Bruder mit zwei kleinen Grübchen versehen, allerdings nur, wenn sie lächelte, besaßen ein natürliches, zartes Rot.

Gode stutzte, als er sein Goldkind später erstmals geschminkt sah, kurz bevor er sie Björn als Braut zuführen durfte: Die fremden Farben entfremdeten ihm sein liebstes Kind.

Zart und doch athletisch trug der Körper ihr liebes Haupt und die Gliedmaßen waren kräftig und doch leicht gebaut. In Eva konnte jeder nachvollziehen, was es bedeutet, der Krone der Schöpfung gegenüber zu stehen.

Aber auch ihr Wesen war gut und freundlich. Lag es an der unverfälschten Umgebung des Nestes, welches ihre Eltern ihr bereiteten? Lag es an der Liebe, die sich doch zunächst in breitem Strom über ihren älteren Bruder ergoss und dann ein wenig geläuterter über sie?

Waren es die einfach gestrickten Charaktere der Eltern? Die Mutter, die wie jede Mutter auf den Familienbetrieb achtete und doch gleichzeitig eingebunden in die tägliche Arbeit war? Der Vater, mit seinen Studien und den oftmals vergeblichen Griffen nach den Sternen? Waren es die Tiere um sie her, die Hasen, Schafe und die Ziegen? Oder waren es die anderen Kinder, die sie früh im Bus begleiteten und die mit ihr in den Kindergarten gingen und später in die Schule? Auch die ursprüngliche Umgebung im Ort, mit den Häusern ehemaliger Nachbarn, die eines um das andere im Gras versanken, mochte ihren Beitrag geleistet haben, das Leuchten in ihr zu befeuern. Denn eines stand fest, als Eva an die Schwelle des Erwachsenwerdens geriet: sie war ein schöner Mensch.

Bald schon würde auch in ihr die Urmusik des Verlangens spielen. Aber bis dahin blieb ihnen noch ein wenig gemeinsame Zeit.

Franka sang mit ihrer hellen Stimme allabendlich vom Mond und die Kinder liebten den Gesang, wie alle Kinder es lieben, wenn sich die Mütter ihnen zuwenden.

Gode zog es vor, Geschichten zu erzählen, und Eva mochte es am meisten, wenn sie sich einen Satz ausdenken durfte, den der Vater dann zu einer Geschichte fortspann. Das machte ihr Spaß. Später nutzten sie jede Möglichkeit, um sich Geschichten auszudenken.

Als Eva sich auf das Abitur vorbereitete, war es dann so weit: Die Hormone schlugen zu. Eva, inzwischen biologisch längst zur Frau geworden, lernte in ihrer Abiturklasse ihren vermeintlichen Adam kennen.

Franka und Gode stellten der ersten Liebe ihrer Tochter nichts in den Weg. Genauso, wie zuvor Maik bereits ungehindert die Gelegenheiten nutzen konnte, sein Zimmer für Spiele zu zweit zu nutzen, bekam auch Eva die aus Sicht der Eltern notwendige Ersteinweisung.

Dann durfte der Freund mit nach Hause kommen.

Die Eltern lächelten leise, als sie mitbekamen, wie viel Spaß die beiden miteinander hatten. Sie hatten alles richtig gemacht. Eva war nicht nur außen und innen schön, sondern sie hatte auch Spaß an der Liebe.

Der Junge allerdings, ein Lulatsch mit dem Gesicht und dem Charme eines Filmstars, der mochte Widerspruch nicht so besonders gerne. Ein wenig Zank wird selbstverständlich auch von jungen Liebenden in Kauf genommen. Selbst wenn die Fetzen fliegen, kann die anschließende Versöhnung sehr angenehm sein.

Aber wenn zu spüren ist, dass sich Machtansprüche mit der Bereitschaft paaren, diese Ansprüche notfalls auch mit Gewalt durchzusetzen, ja, was ist dann?

Tja, meine Lieben, dann ist es aus! Es sei denn, einer der beiden Partner hat Freude daran, sich nach der Erniedrigung auch noch den Arsch versohlen zu lassen, was bekanntlich nicht so sehr selten ist.

Der Lulatsch jedenfalls langte hin, als Eva nicht bereit war, vollumfänglich nach seiner Pfeife zu tanzen. Das war es, das Aus.

Eva absolvierte fortan wieder ohne die zweifels-ohne vorhandenen naturwissenschaftlichen Talente ihres Freundes und Klassenkameraden ihr Abitur mit sehr gutem Erfolg und bewarb sich um einen Studienplatz. Sie wollte nun ganz gern wissen, wie die Menschen so ticken. Deshalb sollte es Psychologie sein und nichts anderes.

Es klappte, sie wurde angenommen. Wenn sie aus dem Fenster ihres Schlafzimmers im elterlichen Nest blickte, konnte sie die Silhouette der Stadt sehen, in der sie studieren würde.

Nur kurze Zeit später tauschte Eva den Blick aus dem Fenster des Hauses der Eltern gegen einen Blick aus einer Wohnung im Ostseeviertel, genannt Ryckseite, ein.

Bei Franka und Gode wurde ein Zimmer frei. Das Jahrtausend ging zu Ende.

## Der Fuchs

Zum Studium gehört auch der studentische Sport. Evas Körper schrie nach Benutzung und ihre Statur nach Leichtathletik. Mit ihrer Kommilitonin Milena drehte sie Runde um Runde, bis sie erschöpft auf einer der Zuschauerbänke niedersanken.

Nach kurzer Zeit tänzelte ihr Milena jedoch schon wieder vor der Nase umher. Sie schüttelte sich. „Kalt ist das, bleib bloß nicht sitzen!"

Milena steckte voller Energie. Auch wenn sie nicht so zappelig wäre, würde sie allein schon durch ihre Körpergröße auffallen. Aber beides zusammen, ihre herausragende Gestalt und die ständige Bewegung, in der sie sich befand, machten sie zum echten Leuchtturm! Es gibt solche Menschen; sie stechen überall hervor.

Dabei war sie so lieb. Sie sah in jedem nur das Beste, auch wenn sich einige nach Evas Meinung als ziemliche Arschlöcher entpuppten.

Milena blickte auf Eva herab, wobei sie ihre Gazellenglieder streckte.

„Kommst du mit zum Mensafasching?"

Milena legte den Kopf in den Nacken und stieß ruckweise ihre nächste Information in den grauen Himmel.

„Der … Fuchs,…der … wird auch …. kommen!"

Eva schaute interessiert auf. Der Fuchs war ihr Dozent in einem der Hauptfächer. Er führte die Seminargruppe in die Geschichte der Psychologie ein und er machte das nicht schlecht.

Die Studenten tobten regelmäßig, wenn ihnen ihr zierlicher rothaariger Professor die Absurditäten menschlichen Verhaltens vor Augen führte. Seine Beispiele waren oftmals putzig. Milena war ein absoluter Fan des Fuchses. Eva war noch ein wenig unschlüssig. Klar, der Mann war eloquent und was er bisher zu sagen hatte, besaß Hand und Fuß. Aber deshalb zum Fasching?

„Ich weiß nicht … ."

Milena beendete die Dehnübungen und nahm ihre Freundin in den Arm. Sie presste sich an sie und machte einen Schmollmund.

„Och, komm mit. Meinetwegen. Bitte!"

Milena stieß die Freundin von sich. „Du willst nicht? Garstiges Weib! Willst du dich etwa der Anlage - Umweltdebatte entziehen?"

Milena begann vor der Bank zu hopsen.

„Die schiere Masse tritt das arme gepeinigte Gras!"

Jetzt schwenkte sie auch noch mit den Armen.

„Ich aber bin die Umwelt und du, du bist bloß das Gras, welches getreten wird. Reines Individuum, ganz und gar Anlage."

Eva musste lachen.

„Lass schon gut sein. Ich komme mit."


Schon aus der Ferne hörten die beiden jungen Frauen, wie die Bässe der Musik wummerten und regelmäßig wieder verstummten. Tatsächlich, die waren schon voll in Aktion! Ein Chor von Stimmen brandete auf. Milena zog an Evas Arm. Eva lief schon ganz schief.

„Nun zieh doch nicht so! Bist du doof? Die laufen uns schon nicht weg!"

Auf dem Weg von der Bushaltestelle bis zur Mensa war der Schnee festgetreten. Die Sparlampen der fünften Generation tauchten die Europakreuzung in ein seltsam kupfriges Licht. Die Dächer der Häuser, die Vorgärten, alles war weiß. In den Fenstern schimmerten traulich die Lichter. Eva riss ihren puscheligen Kostümärmel aus dem Griff der Freundin. Sie breitete die Arme aus.

„Sieh mal, Milena, ist das nicht schön?"

Milena, verkleidet als Kavalier, als Frackträger, eroberte sich mit einem schnellen Griff Evas Katzenpfote zurück.

„Ja, das ist nicht schön! Und jetzt komm …"

Vor der Mensa standen die obligatorischen Rauchergrüppchen. Bloß, dass sie diesmal wirklich reichlich skurril aussahen: Ein Affe lutschte am Zigarillo, sogar ein Untoter rauchte eine Zigarette. Na, das passte ja. Milena zeigte auf eine Giraffe, die gewaltige Rauchschwaden direkt unterhalb des abgeknickten Halses ausstieß; der lange Hals lehnte sorgsam am Portal.

„Ähhh, das gibt es doch nicht!" Als die Giraffe die Aufmerksamkeit des Kavaliers bemerkte, winkte sie freundlich mit dem Vorderhuf.

Jetzt zog Eva Milena weiter. Im Foyer mussten die Feierwütigen aufpassen. Die Fliesen waren mit grauem Matsch beschmiert und prompt setzte sich ein Unachtsamer mitten hinein, in den nassen Dreck. Weh getan haben konnte es nicht, denn der Kostümhintern, ein schöner fetter Schneemannarsch, ausgerechnet, war dick gepolstert.

Milena kreischte auf. „Sieh mal, da, der Fuchs!"

Eh, das musste Eva ihm lassen, der Mann hatte Humor! Da stand ihr Dozent, der Fuchs, und er war als Fuchs verkleidet. Wie vom Gummi gezogen kam er auf seine Seminaristinnen zu. Die Leuchtturmfunktion Milenas hatte dafür gesorgt, dass ihm die beiden verkleideten Gestalten sofort auffielen.

„Schön, dass Sie kommen konnten! Wollen Sie etwas trinken?"

Der Mann erhielt einen Stoß in den Rücken und die aufgesetzte Fuchsnase fuhr Eva ins Gesicht.

„Hoppla, Füchschen, sieh dich vor!" Eva fauchte und haute ihm die Krallenhand ins Gesicht. Sofort tat ihr die krasse Abweisung leid. Immerhin war der Mann ihr Professor. Sie wusste es nur zu gut: Ohne Schein, ohne Schein geht es nicht. Selbst wenn es nur ein Schein für die erfolgreiche Teilnahme an „Geschichte der Psychologie" war. Professor Schirmer, genannt ‚Der Fuchs', jedoch lachte nur.

„Ah, ein garstiges Katzenbiest? Gar eine kleine Kratzbürste?"

Eva fühlte, wie ihr der Kopf rot anlief. Klar hatte sie ein freundliches Wesen, aber wenn ihr jemand so kam... Sie überlegte noch kurz, aber da war es auch schon gesagt.

„Kennen Sie den Unterschied zwischen einem Fuchs und einem Wessi?"

Ihr Prof schüttelte die Fuchsschnauze und griente sie erwartungsvoll an.

„Der Fuchs ist schlau und stellt sich dumm, beim Wessi ist es andersrum!"

Schirmer lachte freundlich. Eva lächelte unsicher. Sollten die dussligen Sprüche ihres Vaters doch zu etwas gut sein? Der Prof packte sie am Arm, wie vorher Milena, die inzwischen im Gewühl verschwunden war.

„Komm, Mieze, jetzt gehen wir tanzen!"

Zuerst ging es im Keller rund und eine Stunde später waren sie beim Du. Er drückte ihr ein großes Glas mit einem rötlichen Getränk in die Hand. Es schmeckte süffig, wie der Vater sagen würde. Später, als sie Nachschub holte, bekam sie mit, dass das Zeug ‚Zombie' hieß und es machte seinem Namen alle Ehre.

„Ich heiße Thoralf!"

Der Fuchsschädel hing ihm im Nacken, die roten Haare klebten feucht an den Schläfen. Eva lief der Schweiß den Rücken hinunter; der ganze Katzenrücken war schon eine einzige nasse Matte.

„Miau!"

Sie schlug mit der Pfote nach ihm. War es der vierte oder der fünfte Drink? Den sechsten holte sie wieder; der Rest der Nacht verschwamm in einem Auf und Ab von Musik, Gesichtern, Bewegungen und Thoralfs Gelaber. Ja, ihr Professor baggerte sie an. Sie, Eva, die gut und gern seine Tochter sein könnte.

„Übrigens, Eva, ich bin in Leipzig geboren! Und weißt du was, als erstes habe ich mir den Ossi abtrainiert. Nicht schlecht gelungen, oder?" Und Eva? Der gefiel das. Musste der Zombie gewesen sein.

Ihr Vater, Gode, war einige Wochen später stinksauer, als sie ihm mitteilte, dass sie ihren Dozenten zu ehelichen gedachte. Er nahm kein Blatt vor den Mund.

„Den Schirmer? So einen Dahergelaufenen? Mensch, Eva, der könnte dein Vater sein!"

Außerdem mussten da Dinge gelaufen sein, die Eva zu einem ‚Nun erst recht!' veranlasst hatten. Sie wurde da nie so richtig schlau aus Thoralf, aber eines Tages, nachdem sie Franka und Gode aus dem Hauptgebäude der Uni stürmen sah, war auch ihr sonst so ausgeglichener Lieblingsprofessor seltsam erregt.

„Sind meine Eltern bei dir gewesen?"

Thoralf schlug Skinners Lehrbuch zu. Die Hand, die die Brille abnahm, zitterte.

„Dein Vater, das ist schon ein …"

Fast hätte er sich hinreißen lassen, aber nur fast.

Er strich sich eine rote Strähne, die über die Augen herabgerutscht war, wieder dahin, wohin sie gehörte. Eine Geste, die ihr später auf die Nerven gehen würde. Dann hatte er sich wieder im Griff.

„Lass mal, Mäuschen, die Umwelt, die prägt das Individuum. Und wenn dann noch die Anlagen nicht die besten sind. Das dürfen wir nie vergessen!"

Eva hasste es, wenn Thoralf sie Mäuschen nannte.

Trotzdem heiratete sie ihn, wenn auch nur still und leise. Es mag am Frühling gelegen haben, die ganze Natur stand im Saft!

Wissen Sie, was der Hauptantrieb, der Motor von Psychologen, ist? Sie wollen wissen, warum sich Menschen so oder so verhalten haben. Weil die Psychologie im Gewand der Wissenschaft daherkommt, muss das, was sie an Erklärungen und Deutungen liefert, reproduzierbar sein.

Ha, das hieße wohl, dass Eva, angenommen sie nähme an einem Experiment mit dem Namen ‚Wird junge Studentin ihren Dozenten heiraten, ja oder nein?' teil, den Fuchs unter gleichen, gesetzten Umständen dieses Experimentes immer wieder heiraten würde? Nein, das hieße es nicht, denn die Welt, in der Verhaltenspsychologen die Ergebnisse des Handelns von Individuen beschreiben wollen, ist sehr viel einfacher gestrickt. Oder, um den Fuchs selbst zu zitieren: ‚Da stehen wir noch ganz am Anfang!‘.

Was die Wissenschaftler aber nicht daran hindert zu versuchen, sämtliches Handeln, sämtliche Motive zu beobachten, zu beschreiben und zu klassifizieren. Erst im nächsten Schritt folgt die Deutung, die Ableitung bestimmter Vorhersagen und die Verifizierung ihrer Theorien.

Sie wissen, worauf ich hinaus will? Nicht? Dann will ich deutlich werden: Eine Ehe unter Psychologen oder solchen, die es werden wollen, kann ganz schön anstrengend sein!

Daraus lässt sich ableiten, dass Eva ihren Dozenten ganz gewiss nicht wieder heiraten würde.

Gode hatte nicht ganz Unrecht, als er Professor Schirmer als einen Dahergelaufenen bezeichnete. Woher er dieses Wissen hatte, blieb allerdings im Verborgenen.

Ja, der Professor war quasi auf der Flucht, als er dem Ruf der Uni folgte. Der Ruf war in diesem Falle eine Ausschreibung in den einschlägigen Fachzeitschriften, im Internet wohl auch.

Und dem aufsteigenden Star der Psychologenszene, der sich in einer mittelmäßig spießigen Szenerie festgefahren hatte, kam dieser Ruf gerade recht. Und so packte er an der sehr viel größeren Uni im Süden seine Koffer. Da war tatsächlich nicht viel drin, denn seine damalige Frau wollte ihm unter keinen Umständen auf die Nordtour folgen.

Sie zog alle Register und instrumentalisierte auch das gemeinsame Kind. Natürlich möchte ein Schulkind nicht seine Klassenkameraden verlieren. Natürlich kann sich ein Mädchen nur sehr schwer vorstellen, sich von seinen besten Freundinnen trennen zu müssen. Das alles soll der gelernte Psychologe und künftige Professor nicht gewusst haben? Wie auch immer, die logische Folge war die Trennung, Schirmer war wieder frei wie ein Vogel und für manche eben mit dem Status eines Dahergelaufenen versehen. Damit konnte er leben.

Leider musste er nun Unterhalt zahlen, natürlich kratzte ihn der Verlust der häuslichen Bequemlichkeit ein wenig. Aber was war das alles gegen die neuen Höhenflüge im Lande der Begeisterten? Was waren die minimalen Verluste im Vergleich zu den Freiheiten, die sich der Mann wieder sicherte? Nichts. Sie fielen einfach nicht ins Gewicht.

Als Schirmer die große, blonde Frau im Frack sah, die mit einer Katze im Schlepptau auftauchte, wollte er sich zunächst diesem auffälligen Leuchtturm widmen, denn ihm war Milena bereits in der Seminargruppe aufgefallen.

Die Katze fauchte ihn an. Erst da bemerkte er, welch schönes Wesen er vor sich hatte: Eva!

Und Eva schlug bei ihm ein, wie eine Bombe. Vergessen waren die mühsamen Jahre des Aufbaus seiner Karriere, vergessen die Malessen mit der Ex, vergessen die Tochter, vergessen das Haus am See, der doch erst noch einer werden wollte, dort im Süden.

Tatsächlich, er war ein Dahergelaufener und das machte ihn unberechenbar. Er war bereit für Eva, dem Umzug aus dem Gästehaus der Uni in die Neubauwohnung am Ryck stand nichts im Wege. Bald schon startete der Professor an milden Frühsommertagen seine Radtouren in Richtung Uni. Er hatte alles richtig gemacht.

Eva schaute aus dem Fenster und winkte ihm nach. Sie hatte zugestimmt ein wenig Abstand zu wahren, damit das Verhältnis Dozent Studentin nicht allzu offensichtlich nach Bevorzugung aussah. Reichte ja wohl, dass sie am Born der Wissenschaft allabendlich schöpfen durfte, oder? So hielten sie also nicht Arm in Arm Einzug auf dem Campus.

Eva trank noch einen Kaffee, bevor sie das Fahrrad aus dem Keller holte.

An der Fahrradstraße trafen sich die alternativen Mobilen. In breitem Strom zogen sie aus der Altstadt in Richtung Osten ebenso wie aus den Neubaugebieten in Richtung Westen, um sich am Campus zu vereinen. Dort mussten die Fahrräder bald gestapelt werden, so viele waren es! Eine Möglichkeit zum Abstellen zu finden war nicht einfach.

Auf der täglichen Suche eines solchen, bemerkte er, Milenas Rücken, der sich mitten im Drahteselverhau wölbte.

Was für ein Anblick! Und an irgendeiner Stelle in des Professors Kleinhirn gab es einen Ruck (diese Erklärung folgt der biologischen Perspektive der Psychologie auf die Dinge) und er fragte sich, wie er doch das eigentliche Ziel der Faschingsnacht, den Kontakt zu dieser auffällig großen Frackträgerin, so aus den Augen verlieren konnte?

Milena bemerkte wohl die bohrenden Blicke auf ihren verlängerten Rücken, der in den üblichen Radlerhosen steckte, die mehr preisgaben als sie verhüllten. Dazu kam ein metallischer Glanz des Stoffes.

Ihr Hintern glänzte in der Sonne wie der Mond in der Nacht. Sie richtete sich auf und strich mit den Händen über ihr Hinterteil. Dann winkte sie ihrem Prof, der den Mund nun auch wieder zu bekam. Hatte er doch nicht alles richtig gemacht? Wenn Eva in diesem Moment des Starrens an seiner Seite gewesen wäre, hätte ihnen dies stundenlange Analysen, tagelange Debatten und heftig geführte Diskussionen erspart. Tja, Wenn - Wäre - Hätte!

Sie sehen, auch hier lässt sich die Frage der Psychologen, ob sich das Tun eines Menschen in gleicher Weise durch ähnliche Situationen hervorzaubern lässt, nicht einfach beantworten.

Als der Sommer vorüber war, wurde die Ehe von Eva und Thoralf wieder geschieden. Eines musste man den geschiedenen Eheleuten lassen: Sie nahmen die ganze Sache als eine nützliche Erfahrung.

Thoralf heiratete nie wieder und verbuchte dieses Erlebnis als Agio seiner doofen Ossiseite, wie er später in weinseliger Atmosphäre verkündete. Schließlich hätte er die Kuh nicht kaufen müssen, um Milch zu trinken. Und das wiederum war nun reichlich fies. Trotzdem lachte Milena, die sich an diesem Abend an ihn kuschelte.

## Das zweite Haus

Dann sah sie ihn. Ein einsamer Mann drehte seine Runden. Kein Bengel, wie ihr Exlulatsch, kein Typ, der ihr Vater hätte sein können, sondern ein Kerl, wie für sie gemacht: schmale Taille, breite Schultern, einen Kopf wie ein Römer und Beine wie ein Grieche. Verdammt, der Kerl war so schön, der musste schwul sein!

Nicht der Geruch also schlug bei ihr in die Bereiche der biologischen Verpflichtung ein, denn dafür war der Mann viel zu weit entfernt. Nein, seine Erscheinung schenkte ihr diesen Blitz der Erleuchtung. Dort lief der Mann ihres Lebens!

Da saß sie nun, verschwitzt, errötet und erschöpft und starrte auf die Bewegungen dieses Mannsbildes, welches dort so wunderbar harmonisch schwebte. Ach was, der rannte auch bloß und das Wasser kochte ihm wahrscheinlich ebenso im Hintern, wie es bei ihr selbst gerade der Fall gewesen war.

Eva hatte zwar manch romantische Seite des Lebens kennengelernt, jedoch ebenso erfahren, dass auch süße Hasen geschlachtet werden müssen, wenn man Fleisch essen will.

Die durch und durch praktischen Erwägungen der Mutter waren nicht spurlos an ihr vorbeigegangen. Dieser Part ihres Verhaltens wäre also aus psychologischer Sicht der Umwelt zuzuschreiben. Sie wurde aktiv. Sie erkundigte sich nach diesem Mann, der dort so einsam Tag für Tag, das hatte sie schon herausbekommen, vor sich hin trabte.

Bald wusste sie, dass er das Psychologiestudium bereits abgeschlossen hatte und nun an der Uni weiter arbeitete, um seinen Doktor zu machen. Björn, so hieß der Mann, war Doktorand und durfte auf eine ordentliche Karriere hoffen. Aha!

Eva wusste ja, wo sie ihn finden würde. Eine Kontaktaufnahme ergab sich ganz harmonisch, indem sie einfach ein wenig schneller lief und zu ihm aufschloss.

Sie liefen ohne ein Wort nebeneinander. Björn schwenkte sein Römerhaupt und was er sah, fand sein Wohlgefallen. Alles dran, was das Herz erfreut an der kleinen Person da neben ihm, die ohne zu Schnaufen sein ziemlich flottes Tempo mithielt. Ihre Beine pumpten im Gleichschritt. Selbst beim abschließenden Finish – er zog das

Tempo zu einem guten 800 m Sprint an – fiel die Frau neben ihm nicht ab. Beim Austrudeln dann lachte sie.

„Das war doch schön, oder?"

Björn stützte die Hände auf die Oberschenkel. Er verkniff sich die sonst übliche Rotzerei; wie hätte er auch angesichts einer solch hübschen Person vor sich hinspucken können? Dann dachte er:

‚Na, schön würde ich das eigentlich nicht nennen. Eher gut?'

Aber laut sprach er das nicht aus. Er weitete die Nüstern, denn jetzt roch er sie, seine Eva. Und jetzt schlugen die Botenstoffe ein. Ja, er hatte die Mutter seiner künftigen Kinder vor sich, bloß wusste das in diesem Moment nur eine tiefer liegende Schicht seines biologischen Seins, denn Bewusstsein sollte man das wohl besser nicht nennen.

Nach dem Sport sind alle Sinne wach. Die Belastung ist vorüber, die Belohnungssysteme schütten einen Hormoncocktail aus, der besser ist als jeder Drink, beispielsweise namens Zombie.

Stellt sich die Frage, ob sich das Wohlbefinden in diesem Moment noch steigern lässt. Unsere beiden potenziell Liebenden beschlossen, zu ihm zu gehen. Oder zu ihr? Sie gingen zu ihr.

Das ist schnell gesagt, aber der Fußweg zwischen der Sportstätte und dem Wohnort Evas lässt sich selbst bei flottem Schritt bestenfalls in einer guten Stunde absolvieren.

Zeit spielte plötzlich keine Rolle. Blieb sie stehen? Bis zum Theater hatten sie die gemeinsamen Bekannten an der Uni durch.

„Was? Die Frau des Fuchses, das warst du?"

Björn kann nicht genug staunen. Eva scheint plötzlich mit dem Fußweg zu sprechen.

„Weißt du, ich glaube, ich bin in eine typische Vater-Tochter-Projektion hineingestolpert. Thoralf ist ganz nett, aber dass ich ihn dermaßen *angehimmelt* habe."

Eva schüttelt den Kopf und schaut jetzt den Mann an ihrer Seite an. Im Gebüsch neben der Straße beginnt ein Vogel zu zwitschern. Eine Nachtigall? Wie kitschig! Außerdem gibt's die hier oben im Norden nicht. Also tiriliert wohl ein Sprosser los oder eine überkandidelte Amsel. Björn wird es ganz warm ums Herz. Muss er da nicht Trost spenden oder gar fachliche Hilfe geben? Er legt einfach den Arm um die junge Frau.

„Ach, weißt du, vorbei ist vorbei. Siehst du, da vorn, da ist ‚Das Haus der Begegnungen'. Hattest du nicht gesagt, da müssen wir links ab?"

Tatsächlich. Die Wanderung durch den Abend ist fast vorbei. Noch einige hundert Meter, dann erreichen sie den Block vor sich, in dessen Parterre Eva eine Wohnung ergatterte.

Auf der Wiese bolzen einige Kinder, ein Grill verströmt seinen verführerischen Duft. Eva hat zwar dem Schweinefleischgenuss weitgehend abgeschworen, aber sie schätzt den Duft, der sie durch ihre Kindheit begleitete.

Gode war ein begeisterter Fleischröster und Maik, ihr Bruder, ließ die Freude am Fleischgenuss des Vaters wie ein Laienspiel aussehen. Er perfektionierte die Fleischbraterei unter freiem Himmel. Da wurde gepökelt und gewürzt, mariniert und gekühlt, mild vorgewärmt und warm gebadet, bis schließlich die Stücke aufgepiekt, am Spieß gedreht, eben die genannten Aromen von sich gaben.

Die Leute auf der Wiese hatten ihren Spaß ohne die ganzen aufwändigen Präliminarien: Sie kauften gewürzte Steaks beim Aldi und legten sie auf ihren Grill. Das war's! Bier gibt es dazu, schlaue Reden und die Buddel Schluck, die darf auch nicht fehlen.

Die beiden bleiben stehen.

„Hier wohnst du also?"

Björn sieht, wie sich der Mast eines Segelbootes hinter dem nahen Wäldchen vorbeischiebt.

Im gleichen Moment zieht einer der Bengel ab. Der Ball klatscht Björn vor den Bauch, er klappt leicht nach vorn. Das tut weh!

Jetzt legt Eva den Arm um ihren Begleiter, denn nun muss sie trösten und helfen.

„Ach Mensch! Komm, wir gehen rein! Tut's weh?"

Björn lacht und quiekt mit hoher Stimme.

„Ja! Die Schmerzen!"

Sie hasten die Treppe hinauf; er hält sich den Leib. Kaum ist die Tür hinter ihnen ins Schloss gefallen, zieht Eva seine Hand beiseite.

„Lass sehen, den Einschuss!"

Sie knöpft ihm die Jacke auf.

„Häh? Kein Blut?"

Sie zieht ihm das T-Shirt hoch.

„Und da?"

Eva tastet über die Bauchmuskeln.

„Komisch, alles heile!"

Björn schaut an sich herab, als sähe er seinen Bauch das erste Mal. Und jetzt kommt seine Stimme wie aus dem Grab.

„Ich glaube, das Problem liegt tiefer!"

Ob es nun genau an diesem Abend geschah oder an einem der folgenden, ist völlig unwichtig. Wichtig war, dass Eva nach der benötigten Zeit, es war inzwischen wieder Frühling, von einem Zwillingspaar genas. So wäre wohl vor einiger Zeit die Geburt umschrieben worden. Heutzutage werden die Frauen entbunden, wobei dieses Wort den eigentlichen Geburtsvorgang ebenfalls nicht trifft.

Der Übertritt, die Passage von Nadja und Mila aus den Welten des Sternenstaubes und des Unterwasserlebens in die Welt, wie wir sie kennen und erleben dürfen, war jedenfalls vollzogen.

Ein wenig blass fragte sich der junge Vater, warum bloß eine solche Schinderei den Freuden des Lebens vorgeschaltet war, aber er hielt lieber den Mund.

Eva schien ihm ganz wunderbar durchgeistigt; eine tiefe Freude ging von ihr aus, dort auf dem Bett, mit dem nun hochgestellten Rückenteil. Als ihr die Zwillinge angelegt wurden, fanden diese ohne große Schwierigkeiten heraus, wozu die gewaltigen Brustwarzen da waren. Sie saugten sich daran fest, Nadja einen Moment vor Mila. Nadja kam damit ihrer Rolle als Erstgeborene in vollem Umfang nach.

Was den beiden Jungakademikern nach der Geburt ziemlich schnell klar wurde war, dass es mit zwei Haushalten nicht weitergehen konnte. Sie beschlossen, nach den Vorbildern ihrer Eltern ein Haus bauen zu lassen. Auch Björns Eltern besaßen ein Anwesen, wobei wir feststellen müssen, dass es sich im Vergleich zur aufgemotzten alten Bude von Franka und Gode um eine aufgemotzte alte Villa in bester Lage an einem Weinberg handelte. Björns Vater verstarb schon vor einigen Jahren. Seine Mutter Elvira schlug sich - von da an allein auf sich gestellt - durch das Leben. Taff und tüchtig wäre die Kurzbeschreibung für ihre Art der Lebensbewältigung.

Als Elvira klar wurde, dass Björn für seinen Nestbau Hilfe benötigen würde, zögerte sie nicht. Sie verkaufte die Villa. Ein Teil ihres Vermögens floss in eine Eigentumswohnung für sie, in der dem Weinberg nächstgelegenen Stadt. Der andere floss als Finanzierungsgrundstock in den Bau eines Hauses in einer Siedlung im fernen Vorpommern. Björn hatte inzwischen den Doktortitel in der Tasche. Seine Festanstellung an der Uni war wegen seiner umgänglichen Art und seines singenden Dialektes nur eine Frage der Zeit. Die Dekane der Uni waren sich einig, dass sie auf diesen Nachwuchswissenschaftler nicht verzichten wollten. Björn stellte quasi die männliche Version Milenas dar: Er war, wie sie ein nicht zu übersehender Mensch. Dazu kam ebenso, dass er sich den Menschen auf eine Art zuwendete, die sich in Akademikerkreisen als Philanthropie hoch begehrt erwies, denn Misanthropen hatten sie bereits genug in ihren Reihen.

Björns Schwiegermutter Franka hätte bei solch verschwurbelter Darstellung glatt auf den Acker gespuckt: Björn mochte die Menschen und das war eben zu spüren. Punkt! Franka griff ein, als die Frage nach dem Standort des Hauses ihrer Tochter Eva akut erschien. Es wurde doch in Benterdal wie blöde gebaut, oder? Da müsste doch wohl ein Grundstück zu bekommen sein.

Also errichteten sie das Haus in Benterdal, einem Ortsteil eines Dorfes im sogenannten Speckgürtel der Stadt. Benterdal wurde mehrfach in der Presse erwähnt, so besonders schien die Errichtung eines kleinen Auffanglagers. Und als die Geflüchteten aus dem Übergangslager von einem Tag auf den anderen alle verschwanden, da schaffte es Benterdal sogar bis in die Bundesnachrichten.

Wie auch immer. Björn besaß zwar ein schönes Haupt, einen kräftigen Körper und ein einnehmendes Wesen dazu. Besonderes handwerkliches Geschick zeichnete ihn allerdings nicht aus. Kein Problem heutzutage: Sie ließen bauen.

Die Bauphase ging schnell vorüber und zwischen all den hübschen neuen Häuschen stand nun auch das Haus von Eva und Björn, in der zweiten Reihe, da unten am Fluss Ryck, genau dort, wo er einen Bogen beschreibt.

Das Gebrüll der Zwillinge schallte in den Morgenstunden über das Wasser. Schön hatten sie es dort. So friedlich.

## Ach unterm Dach

Wir sind ein wenig zu flott durch die Zeit gereist und haben eine Riesenhochzeit verpasst. Lassen Sie uns also ein wenig innehalten. Aufstoppen, würde ein Seemann sagen, zurückrudern gar, wenn wir im Bilde bleiben wollen.

Godes Beziehung zur Uni war ambivalent. Er hatte zwar sein Mathematikstudium mit Erfolg abgeschlossen, auch er war wie sein Schwiegersohn auf der Leiter einer akademischen Laufbahn herumgeklettert.

Seine Arbeiten über die Riemannsche Zahlenkugel fanden Beachtung in den Kreisen, die sich für Riemannsche Zahlenkugeln interessieren. Aber auch an der Uni blieb das Gehalt gering, wie in der Genossenschaft der Landwirte, in welcher er vor Jahren arbeitete. Als Gode den ersten Gehaltsscheck bekam, war er angesäuert. Das lohnte nicht. Und damals, in den Achtzigerjahren des vorigen Jahrtausends, da bauten Franka und Gode noch an ihrem Nest. Sie brauchten also dringend Geld.

Gode sattelte um. Er wurde Kunsthandwerker, das brachte mehr ein! Auf Frankas Einkommen konnten sie inzwischen bauen, im wahrsten Sinne des Wortes, und so taten sie das.

Über die Jahre kristallisierte sich eine seltsame Eigenschaft Godes heraus, die sich als das berühmte ‚Ach unterm Dach‘ erweisen sollte. Klar, auch Franka hatte ihre Macken, aber so dramatisch wie bei Gode ging es bei ihr nicht zu.

Franka verfiel ab und zu in Schwärmerei. Aber die war ganz und gar harmlos gegen Godes massive Ausstiege. Gode bekam einen Flitz.

Probleme hatten sie genug und nicht alle ließen sich leicht lösen. Als zum Beispiel das Dach des Hauses undicht wurde und es ums Verrecken keine Baustoffe gab, lief Gode wieder und wieder gegen vermeintliche Wände, bis es ihm reichte. Er verschwand einfach im Wald. Beim ersten Aussetzer dieser Art suchte Franka verzweifelt, bis sie ihn fand: ein Häufchen Unglück unter einer schönen dicken Esche.

Sie schluchzte auf und warf sich auf ihren Mann, meinte sie doch er wäre …

Nein, tot war er nicht. Wohl aber sturzbetrunken. Mehrere solcher komatös gekrönten Sauftouren folgten, über Jahre warfen sie einen Schatten über die ansonsten so harmonische Ehe der Beiden.

Auch als Eva ihren zweiten Hochzeitstermin bei ihrem Vater anmeldete gab es bei dem den berühmten Ruck im Gehirn.

Franka sah noch, wie ihr Mann die Augen verdrehte. Inzwischen an solcherlei Eskapaden gewöhnt, wartete sie, bis ihr genügend Zeit verstrichen schien, und ging in den Wald zu besagter Esche. Richtig! Da lag ihr Kerl.

Einen ganzen Tag dauerte es, bis sein Alkoholspiegel soweit abgebaut war, dass sie mit ihm wieder über die Hochzeit reden konnte. Diese sollte in Elviras Weinberg, eintausend Kilometer südlich, stattfinden. Und sie würden bei den Kosten Halbe-Halbe machen.

Die Hochzeit war ein Großereignis. Sie kamen auf Schienen und Flüssen daher, aus allen Ländern gefahren! Eine ganze Jugendherberge wurde belegt und es gab genug Zeit, um über die Macken der Anwesenden zu quatschen.

Björn, als diplomierter und graduierter Psychologe, hatte die rettende Idee, als ihm Franka ihr Herz ausschüttete: Die Routine, der psychologische Run Godes musste im Moment des Aufschaukelns durchbrochen werden.

Die Theorie ging ungefähr so: Ein Rehkitz, welches sich durch das Leben bewegt, wandelt auf ausgetretenen Pfaden, immer der Mama Reh hinterdrein. Wird das Muttertier zu schnell, legt sich das Kitz nieder. Kommt es zur Störung dieser Routine, setzt beim Kitz der Fluchttrieb ein, sind die Folgen für das kleine Tier unübersehbar. Es rennt und rennt und rennt … . Bis es zusammenbricht.

Aber!

Es gibt ein Alternativkonzept, welches nur durch außergewöhnliche Ereignisse hervorgerufen wird: Das Scheinäsen. Wird der Stress allzu groß, fällt zum Beispiel ein Schuss, tut das Tier einfach so, als wäre alles ganz normal. Es steht ganz ruhig, steckt das Mäulchen in die Soden und scheint friedlich zu mümmeln.

„Denke also mal darüber nach, liebe Franka, wie du Godes Routine durchbrechen kannst." So sprach Björn und Franka dachte nach.

Als es soweit war - Gode erhielt seine ausgelieferten Waren als mangelhaft zurück und nölte vor sich hin - wischte sie gerade das Bad. Sie stand auf und haute ihm den nassen Feudel links und rechts um die Wangen. Gode stand starr. Damit hatte er nicht gerechnet.

An diesem Abend zog es ihn nicht zur Esche, stattdessen feierten die beiden im Bett Versöhnung. Und das war viel, viel besser, als in der kalten Nacht im Wald zu liegen.

Es mochte zwar etwas brutal aussehen, wenn Franka ihren Gode mit dem Lappen traktierte, aber es kam ja nur ganz, ganz selten vor. Weil sie das Wirkprinzip nun aber kannten, akzeptierte Gode die klatschenden Schläge und überlegte seinerseits, wie er den ausufernden Schwärmereien Frankas begegnen könnte.

Eva, die ja bekanntlich ebenfalls Psychologie studierte, schlug die Einnahme von Zitronensaft vor. Als Franka mal wieder von Pietro schwärmte, griff Gode zum Löffel, füllte ihn mit Zitronensaft und hielt das Angebot seiner Frau vor die Nase. Gut, dass Zitronensaft keine Flecke macht, denn der Löffel flog zwar bloß in einem Bogen durch die Küche, der Saft aber, der spritzte bis zur Decke.

Trotzdem feierten sie Versöhnung im Bette.

Geht doch!

# In Gefahr

Als Frau Bodenbach mit der Kuchenform vor der Tür stand, da freute sich Eva. Björn war wie üblich um neun Uhr zur Arbeit verschwunden – er fuhr nun täglich mit dem Fahrrad - als es klingelte. Die selbsternannte Vertreterin der Ureinwohner Benterdals stand vor dem Gartentor, um die Neuankömmlinge willkommen zu heißen. Sie waren angekommen in der Siedlung, im Kreis der Auserwählten, die hier am Ryckbogen leben durften.

„Ich bin Ihre Nachbarin, Frau Bodenbach, aber du kannst ruhig Inge zu mir sagen!"

Eva machte die Tür weit auf.

„Na dann, Inge, ich bin die Eva. Komm rein. Die Zwillinge schlafen, ich habe etwas Zeit."

Mit welcher Intensität diese Aufnahme durch Frau Bodenbach erfolgen würde, erahnte sie in diesem Moment nicht.

Später war es oft ganz angenehm, eine ältere Frau zur Verfügung zu haben, die die Aufsicht über ihre Zwillinge wahrnahm, wenn sie zum Beispiel mal schnell zum Einkauf außer Haus musste.

Björn wurde durch die Arbeit vollkommen absorbiert. Der morgendliche Arbeitsbeginn lag zwar bei moderaten neun Uhr, der Feierabend jedoch zeigte sich vollkommen flexibel. Sie konnten lange warten, bis der geliebte Mann und Vater der beiden süßen Mädchen am Abend wieder heimkehrte.

War das der Preis für ihr vermeintliches Paradies hier am Ryckbogen, zwischen all den anderen kleinen Grundstücken, mit all den anderen kleinen Häusern darauf? Der Verlust der familiären Gemeinschaft?

Mag sein, aber diesen Verlust mussten sie eben in Kauf nehmen – es ging schließlich nicht anders. Denn wie hätten sie sonst die Raten für den Schuldendienst bezahlen sollen, von Tilgung mal ganz abgesehen?

Björn verdiente inzwischen ja wirklich sehr gut. Die akademische Elite des Landes nagt nicht am Hungertuch. Aber weil sich Eva nun um die Kinder kümmern musste, da waren sich Björn und Eva einig und da passte kein Blatt Papier zwischen die beiden, blieb ihr finanzieller Spielraum doch ein wenig begrenzt.

Auch die wirklich großzügige Spende von Björns Mutter, von Elvira, beseitigte diese Beschränkungen nicht vollständig.

Ja, sie litten keine Not und Eva bediente alle Wünsche der Familie im Rahmen ihrer Möglichkeiten. Aber große Sprünge, zum Beispiel in Form von Reisen, konnten sie nicht machen.

Frau Bodenbach kam also, was bestimmte Aufsichts- und Hilfsdienste anging, gerade recht. War sie die Frau in der Kittelschürze, die ihren Lebenszweck auf das Dienen beschränkte? Ein wenig schien es so. Doch man durfte Frau Bodenbach nicht unterschätzen. Sie hatte durchaus Leidenschaften: Sie war neugierig wie eine Ziege, und sie tratschte.

Bei den ersten Besuchen war davon nichts zu merken: Inge schien durchaus vernünftig und nett. Die Mädchen mochten sie ebenfalls. So was merkt man schließlich gleich, als Mutter.

In der Vergangenheit überschnitten sich ihre Wege bereits schon einmal. Inge verkaufte an einem Stand vor dem Neubaublock selbstgezogenes Gemüse, rein biologisch, versteht sich. Dass sie dabei die gutgläubigen Städter ein wenig über den Nuckel zogen, blieb das gut gehütete Geheimnis der Beteiligten. Eberhard Mehl, dem

Chefeinkäufer des unlauteren Gemüsehandels, lag ebenso wenig an Publicity, wie Iris Feldmann, der Gartenbauarchitektin, welche die Idee des biologischen Großhandels entwickelt hatte. Für den Missbrauch durch ihre Erfüllungsgehilfen konnte Iris allerdings nichts. Wohl aber half sie, den Wirtschaftsskandal Benterdals zu vertuschen. Selbst wenn es nur um einige hundert oder vielleicht tausend Euros ging: Besser, die Sache blieb in der Siedlung.

Als der alte Otto Dainer starb, wurde eine Wohnung frei. Frau Bodenbach, bestens informiert, zog aus dem Neubaublock an den Ryckbogen, denn schließlich sollte Ottos Wohnung nicht leer bleiben. Dann wäre sie bloß verkommen, man kennt das ja.

Mit den Jahren war die gute Frau in die Breite gegangen, und ja, sie trug eine Kittelschürze. Alles andere wäre ihr viel zu teuer gekommen.

Sie liebte es zu backen. Als sie noch im Neubau wohnte, zog der Duft ihrer Kuchen durch das Treppenhaus. Hier am Ryckbogen wehten die Düfte unbeachtet in die Gegend. Nur die Wildschweine hoben ihre Köpfe, wenn Frau Bodenbach backte einmal in der Woche.

Mit dem Kuchen also kam Frau Bodenbach. Sie kam, um zu bleiben. Eva war einem solch massiven Angriff auf ihr Privatleben einfach nicht gewachsen. Der Mann den ganzen Tag auf Arbeit, Nadja ab einem bestimmten Moment immer auf Achse, später stieß Mila hinzu. Da hatte die arme junge Frau einfach keinen Blick mehr für das Periphere.

„Hast du gehört, der Scholle soll ganz gern mal jungen Frauen an die Wäsche wollen?"

Wer auch immer was wollte oder wer was über das Wollen wusste, Frau Bodenbach war darüber informiert. Eva rollte mit den Augen.

„Scholle ist doch noch gar nicht so alt, warum soll er das denn nicht wollen?"

Frau Bodenbach sagte:

„Scholle ist ein alter Sack, der ist schon über fünfzig. Und nun hat er sich diese Vietnamesin angeschleppt. Weißt du, wie alt die ist?"

Sie reckte den Kopf vor in der Erwartung der Erwiderung Evas. Als nichts kam, denn Eva schob gerade Mila aus dem Gefahrenbereich und Nadja zog an der Tischdecke, setzte sie nach:

„Die ist höchstens mal zwanzig, glaube ich. Bei den Asiatinnen kann man das Alter ja schwer schätzen. Aber Eberhard meint, er kann von Glück reden, wenn sie volljährig ist, die Dame!"

Die Tischdecke lag inzwischen am Boden und Nadja saß zwischen den Resten des Frühstücks. Die Teller hatte Frau Bodenbach bereits in die Spülmaschine gestellt.

Da soll der Mensch studieren können? Natürlich nicht. Eva musste ein Jahr lang aussetzen. Als die Zwillinge in die Kinderkrippe kamen, ging es wieder besser.

Frau Bodenbach saß allerdings immer noch gern bei Eva in der Küche.

Später holte der Schülerbus die Mädchen ab, bis dann das Theater mit den Wildschweinen losging.

Es begann an sich ganz harmlos. Frau Bodenbach - wer sonst - erzählte vom Schreck, der ihr in die Glieder gefahren sei. Sie hätte Essensreste auf den Kompost geschmissen und hinter dem Zaun grunzte ein schwarzes Schwein!

Nun gehören Essensreste nicht auf den Kompost und Eva hatte Inge mindestens fünfmal gesagt: „Schmeiß die Abfälle in die Mülltonne, sonst lockst du die Ratten an."

Inge winkte bloß ab.

„Och, lass mal, das haben wir schon immer so gemacht. Früher kamen auch keine Ratten."

Ratten mögen tatsächlich Abfälle, das stimmte schon, doch mit Ratten wurde Puck, ihr Hauskater, den Frau Bodenbach ihnen mitgebracht hatte, spielend fertig.

Bloß die Wildschweine, die konnte auch Puck nicht in den Griff kriegen.

Am Anfang nahm Eva die Sache leicht. „Ich werde Martin Bescheid sagen."

Martin, der zuständige Revierförster, war so lang und dünn wie die Flinte die er manchmal mit sich herumschleppte. Er versprach, sich um das Problem zu kümmern.

Als der Schülerbus ausfiel, kamen die Mädchen auf die Idee, zu Fuß nach Hause zu laufen. Gerade als Eva ein wenig beunruhigt die Landstraße entlangschaute, ertönte ein Mordsgezeter aus dem Unterholz neben der Straße.

Parallel zum Asphalt hatten hier die Radfahrer und Fußgänger einen Weg gefahren und getreten, der ein gefahrloses Wandern neben der Straße ermöglichte. Es kamen zwar nicht allzu viele Fahrzeuge die Straße entlang, aber die wenigen hatten ordentlich Pfeffer drauf.

Eva sprach oft mit Björn über die Rücksichtslosigkeit der Autofahrer. Sie sah das Problem bis dahin mehr als psychologisches Paradoxon.

Schließlich waren das ihre Mitmenschen, ihre Nachbarn, die sich auf der Straße plötzlich wie die Tiere benahmen.

Björn meinte jedoch, ihn hätte noch keiner bedroht. Alle führen mit ausreichendem Abstand an ihm als Fahrradfahrer vorbei.

Aber Eva wusste es aus eigener Erfahrung besser: Die Leute waren anscheinend nicht bei der Sache, sobald sie im eigenen Blechpanzer saßen. Ihr war es immer unheimlich, wenn die Autos an ihr als Fußgängerin vorbeizogen, dass die Kleidung wehte. Auch sie ging deshalb viel lieber auf dem Trampelpfad im Wald.

Bis eben zu diesem Tag.

Nadja lief wie immer, ein wenig voraus, als sie plötzlich die süßen kleinen Frischlinge bemerkte. Waren es fünf oder sechs? Das Mädchen blieb mitten in der Rotte stehen, bis ihre Schwester sie erreichte. Nadja hielt den Finger vor den Mund. „Psssst!"

Mila zog die Augenbrauen hoch. Als sie die possierlichen Schweinchen bemerkte, machte sich ein Lächeln auf ihrem Gesicht breit und ihr Kummer über die schwere Schultasche, die sie so drückte, war vergessen.

In diesem Moment bekam die Bache mit, dass ihre Frischlinge direkt vor der Brut des verhassten Menschenpacks spielten. Sie fackelte nicht lange. Für diskrete Warnrufe war es zu spät.

Nadja sah das erboste Tier auf sich zustürmen und warf sich nieder. Mila lächelte noch, als ihr das wütende Tier die Beine wegriss…

Sie schrie auf; Schreie, schrill und laut, verließen wieder und wieder ihre Kehle. Sie schrie vor Angst.

Die Bache schrie vor Wut.

Nadja, die erst jetzt mitbekam, dass sie im Dreck lag, schrie mit.

Auch die Frischlinge erschraken und quiekten nun ebenfalls aus voller Kehle.

Eva rannte los. Sie rannte wie noch nie in ihrem Leben. Sie sah, wie Mila im Straßengraben landete. Sie sah, wie die Bache zurückstürzte und die Frischlinge vor sich her trieb.

Dann sah sie, wie die Rotte im Wald auf der anderen Straßenseite verschwand, mit eifrigen Trippelschritten, die Schwänze der Tiere aufgestellt, wie kleine Standarten.

Mila lag im Graben wie ein weggeworfenes Lumpenbündel. Nie würde sie diesen Anblick vergessen. Hinter den Sträuchern schrie Nadja immer noch. Aber Mila, sie lag so still!

Eva legte eine Hand auf Milas Kopf, mit der anderen fühlte sie vorsichtig an ihrem Hals, ihrem Mund, der im Laub verschwand.

„Mama?"

Mila drehte ihr das kleine zerschrammte Gesicht zu. Eva wurde schwindlig. Aber da waren ja noch Nadjas schrille Schreie.

Sie nickte Mila still zu. Dann kroch sie auf allen Vieren ins Unterholz. Die Schreie wurden schriller, bis Mila schließlich sah, dass nicht die Wildsau aus dem Gesträuch kroch, sondern Eva.

Nadja zeigte auf ihre Mutter.

„Da, da sind sie lang. Alle. Die Große hat Mila gefressen!"

Eva schnappte sich die Kleine, wiegte sie im Arm.

„Sch! Sch! Die hat Mila nicht gefressen!"

Sie stolperte durch das Gesträuch, das Kind im Arm, bis sie vor Mila standen, die nun auf dem Rücken lag und in die Sonne starrte. Das Mädchen blickte kurz auf ihre Mutter und ihre Schwester, dann schaute sie wieder zur Sonne auf und zu den jagenden Wolken. Und dann sagte sie: „Sie ist so schön, die Welt!"

Eva sank neben ihr auf die Knie. Dann umarmte sie ihre beiden Töchter. Ganz fest.

Irgendwann murmelte Mila:

„Mama? Meine Tasche, die liegt noch im Wald…"

Eva drehte den Kopf. Ja, da lag der bunte Rucksack. Die grellen Farben schimmerten durch die Blätter. Sie mussten weiter. Als die Mutter auf die Beine kam, fühlte sie sich steif und zerschlagen. Dabei war doch Mila durch die Luft geflogen, nicht sie!

Später im Bad, würde sie die Blutergüsse, die Kratzer am Körper ihrer Tochter, sorgsam abreiben. Und auch sie selbst hatte Abschürfungen an den Knien.

Gut, dass im Spiegelschrank die Flasche mit den Arnikaglobuli stand. Die würden helfen!

Doch erst einmal musste die Strecke bis zu ihrem Heim bewältigt werden.

Eva behängte sich mit den Rucksäcken – ganz schön schwer, die Dinger. Transportierten die Mädchen Steine? Das würde sie noch überprüfen müssen, das ging doch so nicht! Schließlich griff sie nach den Händen ihrer Zwillinge.

So kehrten sie also heim: die Mama behängt wie ein Packesel und an jeder Seite eines der kleinen wunderbaren Wesen, die doch so verletzlich waren. Sie hatten unwahrscheinliches Glück gehabt! Nur wenige Wochen zuvor war ein erfahrener Jäger zu Tode gekommen, bloß weil er ein einziges Mal die Situation falsch eingeschätzt hatte. Seine Oberschenkelaorta wurde aufgeschlitzt, als ein in die Enge getriebenes Schwein den Ausweg in der Flucht durch die Beine des Jägers hindurch suchte und den Kopf genau unter dem Menschen in die Höhe riss.

Davon erzählte Martin Eva, als sie ihm vom Angriff der Bache berichtete. Und sie sah keinen Grund, dieser Schilderung nicht zu glauben. Bloß, außer ihr die Bedrohungslage vor Augen zu führen, hatte der Mann bisher keinen einzigen Schritt getan, der ihr das Leben hier in der Siedlung auch nur ein klitzeklein wenig sicherer erscheinen ließ. Nix, nada, niente, nischte!

Eva kochte vor Wut!

„Kannst du die Biester nicht abschießen?", fragte sie ihn bei sich bietender Gelegenheit.

Martin stellte ein Bein vor und stützte beide Hände auf seinen Stock.

„Können könnte ich schon. Aber dürfen darf ich nicht. Weißt du Eva, wir Jäger müssen immer ein wenig von oben herab schießen, damit die Kugeln nicht sonst wohin gehen. Neulich ist eine in die Fahrerkabine eines Mähdreschers eingeschlagen, kannste dir das vorstellen?"

Eva konnte aber im Moment war ihr das völlig egal. Sie brauchte Schutz vor diesen unberechenbaren vierbeinigen Monstern, die ihre Mila einfach so zu Fall gebracht hatten.

„Na und? Dann schieß doch einfach von oben. Ihr habt genug Jägerstände hier, oder?"

Sie reckte den Hals an Martin vorbei, schaute nach rechts und links, dann drehte sie sich auch noch um. Dummerweise war gerade keines der Holzgestelle in Sicht. Aber dann fiel es ihr ein. Sie zeigte in die Richtung.

„Gleich drüben, am Ufer, da steht doch ein Anstand. Kannst du nicht von dort aus schießen?"

Der Jäger schüttelte den Kopf.

„Nee, von dort aus kann ich nicht. Da greift das Jagdrecht. Ich kann doch den Frischlingen nicht die Mutter wegballern. Das musst du doch verstehen. Eva! Die säugt die doch noch! ... Aber vergrämen kann ich sie. Oder warte mal, einen Überläufer, den kann ich schießen!"

Eva wunderte die Wortwahl, die Jägersprache.

„Was Überläufer? Sind wir hier im Krieg?"

Aber die Überläufer sind die mittelgroßen Jung-
tiere, die schon einen Winter hinter sich haben.

In der Nacht, es wurde schon bald wieder heller,
krachte es am Fluss. Eva lag wach. Björn schlief
weiter. ‚Wie ein Stein.', dachte sie.

Sicher war ihr Mann genauso erschrocken wie
sie, als sie ihn gleich nach dem Überfall des
Wildschweins angerufen hatte. Aber das direkte
Erleben, das fehlte ihm offensichtlich, denn sonst
würde er wohl nicht so fest schlafen, oder?

Nun lächelte sie im Dunkeln. Die Betroffenheit
war es. Und nun musste ein anderes Schwein bezahlen.

Als das Postauto vorfuhr, war Björn schon wieder
in Richtung Stadt verschwunden. Aber hinter
dem Postmann kam Martin durch das Tor. Sie
nahm die Briefe entgegen, Rechnungen vom
Schornsteinfeger, wie sie mit kurzem Blick fest-
stellte. Der Postbote sprang wieder in sein Gefährt.

Martin sah dem Mann hinterher. Dann drehte er
sich zu Eva.

„Wollt ihr am Wochenende Wildschwein essen?"
Spontan wollte Eva ablehnen, doch sie überlegte
es sich anders. Warum nicht? Sie zuckte die
Schulter.

„Klar! Ist ja wohl noch das Mindeste, nach dem Schreck!"

Martin lächelte.

„Ich bring' euch dann ein Stück, wenn die Fleischbeschau durch ist. Schönen Tag noch!"

Er lüftete den grünen Hut und trollte sich.

Frau Bodenbach machte den Braten. Er schmeckte allen. Selbst die sonst ein klein wenig heiklen Mädchen hauten rein, dass die Schwarte krachte.

Eins der Tiere, welche ihre Mila beinahe umbrachten, aufgegessen zu haben, bereitete Eva zwar eine unaussprechliche Genugtuung, jedoch beseitigte dieses Festmahl das eigentliche Problem natürlich nicht. So blauäugig, die Lösung des Problems mit dem Festmahl in Verbindung zu bringen, war Eva bei weitem nicht. Sie wurde ängstlich. Sie entwickelte sich zu einem ausgeprägten Exemplar einer überbesorgten Mutter. Nadja und Mila bekamen klare Anweisung, den Nachhauseweg niemals, hört ihr, Kinder: ‚NIEMALS!' mehr allein zu gehen.

Bereits eine geringfügige Verspätung des Schülertaxis brachte Evas Überlebenssysteme zum Rotieren, ein Ausbleiben auf der Rücktour sah sie dem Nervenzusammenbruch nahe. Sie machte

Björn die Hölle heiß. So konnte es nicht weitergehen.

Bis dann die Sache mit den Wölfen kam. Tag für Tag zeigten die Medien in Großaufnahme Bilder zerfetzter Kadaver von Lämmern und Großschafen. Eva sah die blutigen Überreste ein einziges Mal bewusst an. Irgendetwas in ihr zerbrach.

Am Abend liebte sie ihren Mann mit aller Kraft ihres Wesens. Sie konnte nicht genug bekommen. Erst war sie weich und nachgiebig, später wurde sie treibend und fordernd. Sie ritt Björn, bis der meinte, sein bestes Stück sei der Sache nicht so ganz gewachsen. Als sie kam, brüllte sie. Björn bekam ein wenig Angst, während ihm gleichzeitig Wonneschauer die Lenden entlangjagten.

In der folgenden Ruhephase, Eva kuschelte sich an ihn, flüsterte sie ihm ins Ohr:

„Björn, mein Schatz, Björn, du lieber Björn!"

Sie hätte alles von ihm bekommen können.

Und sie wollte weg. Raus aus dem Wald und in die sicheren Gefilde der Stadt, vielleicht? Eigentlich egal wohin. Aber eines wusste sie ganz genau: Sie wollte ihre Kinder außer Gefahr!

## Im Paradies

I say come on.
Do you wanna be in my gang?
Do you wanna be in my gang, oh yeah?*

*Gary Glitter - Songtext ‚I AM‘*

Lustig läßt sich's im Paradies leben
Liebeslieder und Spiele im Mondschein**

**Maryla Rodowicz - Songtext ‚Der Teufel sitzt vorm Paradies‘*

## Das Angebot

Nadja spielte immer ganz versunken. Sie baute ganze Landschaften aus Sand, Steinen und Stöckchen; ganze Pferdehöfe, in denen sie ihre Spielzeugpferdchen eifrig miteinander quasseln ließ. Björn liebte es, im Schatten unter der alten Esche zu sitzen, die als einzige die Glockenpilzkrankheit überstanden hatte.

Alle anderen Bäume dieser Art fielen einfach um. Bloß diese Esche, die blieb stehen. Sie trotzte den zerstörerischen Pilzen.

Schon als das Haus hier am Ryckbogen gebaut wurde, blieb in der Ecke des Grundstückes, die gleich neben dem Kompost lag, ein kleines Stück verwildertes Land ungenutzt. Die Kinder spielten hier am liebsten.

Während Nadja eher dazu neigte, die Gegebenheiten dieses kleinen Freiraumes so zu gestalten, dass sich ihre Lieblinge wohlfühlten, saßen sowohl der Vater, als auch ihre Schwester Mila eher stumm daneben. Björn freute sich an den Aktionen, die sich Nadja für ihre Pferde ausdachte. Und Mila?

Mila lag gern einfach so auf dem Rücken und schaute durch die Zweige der Esche hindurch in den Himmel. Versonnen sah ihr der Vater, der neben ihr saß, in das liebe Gesicht. Er konnte sich einfach nicht sattsehen an diesem Wunder, welches da neben ihm lag.

In Milas Augen schimmerten die Wolken, kleine weiße Pünktchen ließen das Weiß ihres Augapfels wie Perlmutt schimmern. Während Nadjas Gemurmel zu ihnen drang, jagte ein Wonneschauer nach dem anderen über Björns Rücken.

„Nadja? Mila?"

Evas Rufe zerstörten den magischen Moment. Mila stützte sich auf den Ellenbogen.

Sie sahen zu, wie Eva aus der Terrassentür trat, die Hand über die Augen führte, um die Sonne abzuschirmen, wie sie suchend ihre Blicke schweifen ließ, bis sie ihre Familie unter der Esche entdeckte. Sie ließ den Arm wieder sinken und kam auf sie zu.

„Warum antwortet ihr denn nicht, wenn ich euch rufe?"

Björn seufzte.

„Reicht es dir nicht, wenn ich bei den Mädchen bin?"

Langsam ging ihm die Besorgnis Evas auf die Nerven. War ihr Bemühen, stets wissen zu wollen, wo sich ihre Töchter befanden, nicht schon ein wenig krankhaft?

Ihm als Wissenschaftler fehlten da selbstverständlich die Vergleichszahlen. Es gab einfach keine Studien zu besorgten Müttern. Welcher Grad an Besorgtheit wäre als normal zu akzeptieren, wo begann das Grenzwertige und welche Verhaltensweisen lagen bereits außerhalb der Norm? Lauter Unbekannte! All dies entzog sich gänzlich den Bewertungsmaßstäben, die er gern angelegt hätte.

Neulich auf Arbeit fiel ihm ein Prospekt in die Hand, auf welchem eine glückliche Familie abgebildet war. Gleich drei Generationen lächelten infantil in die Kamera. Normalerweise fasste er solch Informationsmaterial nicht mal mit der Zange an, aber diesmal wich er von dieser Regel ab und schlug das Hochglanzwerk auf.

Die Firma ‚ComeOn – Wohngemeinschaften AG' warb für ihr Konzept gesicherter Wohnsiedlungen. ‚Häh? Genau das, was wir brauchen?', ging es ihm durch den Kopf.

Als er später nach Hause radelte, rotierten seine Gedanken. Ließen sich denn, so wie im Prospekt vollmundig versprochen wurde, tatsächlich alle Gefahren der ach so bösen Welt einfach aussperren? Er bezweifelte dies. Und er beschloss, Eva zunächst nichts von diesem Angebot zu erzählen.

Das hätte er sich schenken können, denn die Vertriebler von ComeOn wussten nicht nur, wie der Schuh drückt, sie wussten selbstverständlich auch, wo. Deshalb standen bald vor jeder Eigenheimsiedlung Werbetafeln, die für das Sicherheitskonzept der ComeOn AG warben.

Hinter der Werbekampagne stand Dr. Richard Wagner, der Vertriebsvorstand.

„Das hat sich Rico ausgedacht", wisperten die Sherpas der Auftragsbeschaffung der Wohngemeinschafts AG. Tatsächlich war Rico ein mit allen Wassern gewaschener Zyniker und böse Zungen behaupteten gar, er sei ein Schwein. Nach außen jedoch erschien der stets tadellos im Businessoutfit gekleidete Mann jovial und zuverlässig, wie seine Kleidung. Besonders den Kunden gegenüber kam seine entgegenkommende Art – sein Händedruck war warm und fest, sein Blick wich niemals aus, seine Worte trafen stets den Kern seines Anliegens – genauso an, wie sie es sollte: sie gewann.

Bereits auf hundert Meter war zu erkennen: Auf diesen Mann können wir bauen. Schließlich ging es um viel Geld. Nichts stand dem Einzug ins Paradies nun mehr im Weg. Aber er kostet!

Bei diesem Punkt angekommen, zog Dr. Richard Wagner stets die Augenbrauen nach oben, so, dass sich seine beachtliche Denkerstirn in Falten legte.

Eines mussten die Sherpas der Firma ihrem Vorstandschef lassen: Er drückte sich nicht vor der Arbeit. Wenn die Abschlussverhandlungen zur Überführung der Altimmobilien in das Vermögen der Wohngemeinschafts AG anstanden oder der letzte entscheidende Unterschriftsakt beim Notar auf wackligen Füßen stand, dann war Rico zur Stelle.

Und Rico schaffte es immer! Er bekam die Kuh vom Eis, er brachte Verträge unter Dach und Fach und er legte Finanzierungsmodelle in trockene Tücher.

Rico war ein As seines Metiers.

So blieb es also nicht aus, dass Eva auf die Wohngemeinschafts AG als *die* Lösung des Sicherheitsproblems ihrer Familie in der Siedlung Benterdal hier am Ryckbogen aufmerksam wurde.

Klar, Björn sträubte sich, als stets grundsolide denkendem Menschen waren ihm die angebotenen Transaktionen zur Vermögenswandlung ein Graus.

Als jedoch selbst Elvira, seine Mutter, meinte, was er denn hätte, es ginge ja nichts verloren, alles würde ja nur besser für sie, da brach das Eis für ihn.

Björn zeigte sich nun bereit, das Familienboot vom gefährlichen Ufer des Ryckbogens ablegen zu lassen, hin zu den verheißungsvollen Gestaden des Paradieses mit dem schönen Namen ‚Come-On'.

Ja, er wollte mitkommen!

Letztlich ging es bei der Entscheidung nicht mehr darum, ob die Zimmer in der Hochsicherheitssiedlung an der anderen Seite der Stadt – sie lag ziemlich genau östlich des Ortskerns, am Ufer einer ausgedehnten Bucht des Meeres – den richtigen Zuschnitt hätten oder ob das Grundstück groß genug sei. Denn, mal ehrlich, die Fläche, die ihnen künftig zur Verfügung stehen würde, die war schon eher poplig zu nennen.

Nein, allein das Pekuniäre spielte eine Rolle. Würden sie sich die Mitgliedschaft in der exklusiven Gemeinschaft leisten können? Oder gehörte er zur Masse der Bevölkerungsschicht unseres Landes, die sich die perfekte Sicherheit schlicht und einfach nicht leisten konnte?

Wahrscheinlich setzte hier der perfideste Werbetrick Ricos ein. Indem er die künftigen Mitglieder der Wohngemeinschaft am Ehrgeiz kitzelte, indem er sie zum Wettstreit mit dem Rest der Bevölkerung herausforderte, führte er sie in eine Welt, in welcher Neid und Missgunst vorprogrammiert war.

„Sehen Sie", sagte er im Verkaufsgespräch und faltete die Hände, „was hat Ihnen denn Ihre ganze Mühe, Ihre ganze Leidenschaft hier am Ryckbogen genutzt? Nun sitzen Sie hier mit all den anderen und können nicht einmal dafür sorgen, dass Ihre Kinder *sicher* sind?"

Dann runzelte Rico die Stirn.

„Eines müssen Sie bedenken: Nicht jeder kann sich *Sicherheit* leisten! Wissen Sie, das ist wie mit den Neubürgern. Die können einfach nicht alle in unser Land! Da müssen welche draußen bleiben."

Er hob die Arme und ließ sie bedauernd sinken.

„Geht nicht anders."

Björn saß und dachte sich seinen Teil. Na klar ginge das anders, es mochte nur keiner ausprobieren. Aber er sagte lieber nichts, nachdem er auf Eva schaute.

Die andauernde Angst hinterließ ihre Spuren. Ihre Aura wirkte seltsam ätherisch! Lag es an den Augenringen? Abgenommen hatte sie auch. Dabei wog sie schon etwas zu wenig für ihre Größe, als er sie kennenlernte. Aber jetzt war echt kaum noch etwas dran an ihr. Alle Reserven waren aufgezehrt und das sah man.

Eva aber blieb absolut cool.

„Wieviel, sagten Sie, würden Sie für unser Anwesen in Benterdal in Ansatz bringen?"

Unter dem Schätzpreis würde auch sie das erste Haus nicht hergeben wollen, fehlende Sicherheit Hin oder Her.

Als sie die Umzugspläne ihren Eltern mitteilte, waren die alles andere als begeistert. Gode schmiss sogar die Tür. Franka sah ihm nach.

„Lass mal, der fängt sich schon wieder. Allerdings..."

Franka sah ihre Tochter an. Natürlich blieben ihr die verzehrenden Spuren der Angst nicht verborgen, natürlich war ihr das *Aussehen* ihrer Tochter absolut suspekt! Aber deshalb gleich alles hinschmeißen? Das war nicht ihre Art, die Art der

Alten, die sich aber auch durch jeden Mist klaglos hindurchfraßen.

„Nun sag mal, wie habt ihr euch das gedacht? Wie wollt ihr die Zusatzkosten stemmen?"

Björn hatte seine Beziehungen spielen lassen. Eva könnte in einer Praxis anfangen, die Schulkinder betreute, welche so auffällig geworden waren, dass eine Betreuung angeordnet wurde. Keine ganz leichte Arbeit, das musste Eva zugestehen, aber es gab ordentliches Geld.

Es blieb ja nur diese Möglichkeit. Gode hatte sich wieder eingekriegt. Die letzten Bemerkungen Evas hatte er mitbekommen. Seine Tochter tat ihm plötzlich leid. Trotzdem, einfach so ein Haus aufzugeben? Ein Lebenswerk?

„Könnt ihr nicht einen Wachdienst in Benterdal organisieren?"

Plötzlich wurde er eifrig.

„… ich könnte auch mitmachen!"

Eva schüttelte nur den Kopf. Das hatten sie alles schon ausprobiert. Vor einigen Wochen waren Einbrecher im Haus von Frau Bodenbach zugange gewesen. Ausgerechnet bei ihr! Inge hatte ihren Sohn in Niedersachsen besucht. Als sie wiederkam, stand ihre Haustür offen. Danach wechselten sich die Einwohner beim selbst organisierten Wachdienst ab.

„Haben wir schon probiert. Bis der lange Petersen beinahe Krischan erschlagen hätte, oder war es andersherum? Na, egal, so geht das jedenfalls nicht. Das muss professionell..."

Sie denkt an die ewigen Diskussionen zum Thema und ihr graut es.

„Es müssten alle an einem Strang ziehen, Papa! Und das tun sie nicht!"

Als die ersten wieder absprangen, weil nichts, aber auch gar nichts passierte, in den ewig langen und kalten Nächten, da kam der Vorschlag auf, einen Securitydienst mit der Nachtwache zu beauftragen. Der lange Petersen holte ein Angebot ein. Hatte wohl ein schlechtes Gewissen, der Gute. Als es an die Berechnung der Umlage ging, da fiel einer nach dem anderen ab. ‚Is doch viel zu teuer!'

Und je mehr abfielen, umso teurer wurde die Sache für die zurückbleibenden Freunde erhöhter Sicherheit. So einfach war das und das sagte sie ihrem Vater.

„Jeder denkt am Ende an sich. So ist das! Warst du etwa dabei, als Inge jeden Tag bei mir herumheulte, weil ihr blöder Fernseher geklaut wurde?

Hast du einmal gefragt, wie ich mich fühlte, als Mila im Graben lag?"

Sie schüttelte wieder mit dem Kopf, dann brüllte sie laut: „Ich halte das nicht mehr aus!"

Gode zuckte zusammen. Das hatte er nicht gewusst! Er hob die Hände.

„Ist ja gut!"

Eva schloss die Tür. Franka nahm sich den Korb mit den Pilzen vor.

Gode kratzte sich den Kopf.

„Ich weiß nicht, wir hätten das anders gemacht, oder?" Wie dicht sie selbst genau in diesem Moment dem Rausschmiss aus ihrem Haus, aus ihrem geliebten Nest tatsächlich waren, hätten sie ahnen können, wenn sie in Abteilung 2 ihres Grundbuchauszuges nachgeschaut hätten.

Es ist niemals gut, wenn sich mehrere Besitzer ein Haus teilen. Und dann noch mit einer Bank! Ganz besonders schlecht! Aber darauf würden sie noch ganz von allein kommen.

## Der Umzug

Am frühen Morgen schon trudelten die ersten Hilfswilligen ein. Frau Bodenbach kochte bereits Kaffee. Sie musste noch nicht einmal auf ein Provisorium zurückgreifen, denn die Küche würde im Hause bleiben.

Stefan Feldmann, genannt Stoffel, Tausendsassa und guter Geist der Siedlung, kam mit dem Gemeindelaster. Der würde wohl die meisten Teile des Transportgutes schlucken.

Aber auch Björn, der einen Kastenwagen aus dem Bereitschaftspool der Uni ausgeliehen hatte, trug zur gehörigen Steigerung der Transportkapazität bei. Franka passte auf die Zwillinge auf; Puck und die Zwergkaninchen, die inzwischen zum lebendigen Inventar gehörten, würden bei der letzten Fuhre mit nach ‚ComeOn' überführt werden. Bis dahin blieben sie eingesperrt im Hauswirtschaftsraum, sicher und warm. Gode meinte er hätte keine Lust, wenn alles eingepackt wäre, den Biestern hinterherlaufen zu müssen.

Später sagte Stoffel, er hätte noch nie so einen wohlstrukturierten Umzug mitgemacht. Er erin-

nerte sich daran, wie sie einmal im Gemeindeauf-
trag die Möbel einer auf Abwege geratenen Bür-
gerin einfach vor deren neuem Domizil abgekippt
hatten…

„Das war vielleicht eine Scheiße! Die Möbel
krachten zu Boden. Ich glaube, nicht ein einziges
Stück blieb heil. Und wisst ihr was? Das war der
Frau damals völlig egal. Die war bestimmt schon
wieder dun."

Eine ganz böse Geschichte war das gewesen. Als
sie die Möbel abgeladen hatten, begann es zu
allem Überfluss auch noch zu regnen. Stoffel
konnte sich jetzt noch über das Erlebnis aufregen.
Hier dagegen? Hier war jede Kiste sorgsam be-
schriftet, fast schon archiviert … Alles easy!

Trotzdem, als Karton für Karton für immer aus
dem Haus am Ryckbogen verschwand, wurde es
Eva immer schwerer im Herzen. Die vielen schönen Stunden, die sie hier verbracht hatten! Vielleicht war mit dem ,Dreimal umziehen ist wie
einmal abgebrannt!' mehr so das Emotionale ge-
meint? Die paar Sachen, die sie würden wegwer-
fen müssen, die waren schließlich zu verschmer-
zen.

Aber was war mit den Erinnerungen? Was passierte mit den vielen liebgewordenen Gewohnhei-

ten. Würden sie einfach alles vergessen und zur neuen Tagesordnung übergehen? Der Wechsel in ein gänzlich neues Wohnumfeld, der war nicht so einfach zu kompensieren.

Wie auch immer. Es war so weit. Die Gartentore standen weit offen, als die Karawane von Fahrzeugen ihr altes Grundstück verließ. Stoffels LKW voran, gefolgt von Björns Unilieferwagen, dann die Kombis von Inge und Gode, und, als letztes, Eva mit den Tieren.

2000 Quadratmeter direkt am Wald, getauscht gegen mickrige 250 in einer Betonburg? Das war der Preis. Dafür würde sich Eva nie, nie wieder Gedanken um die Sicherheit ihrer Mädchen machen müssen.

In einem gewissen Sinn ist es doch ein Glück, dass wir Menschen nicht in die Zukunft blicken können. Wahrscheinlich würden wir sonst in Lethargie versinken.

Obwohl, ein wenig kennen wir die Zukunft, denn wir alle wissen, dass wir nur Gäste sind, auf dieser, unserer lieben Erde, und wir sollten uns entsprechend benehmen. Doch eine solche Herangehensweise, die geht uns allen die meiste Zeit des Lebens schlicht und einfach verloren.

Es war inzwischen Abend geworden. Das Erste, was Eva auffiel, war das Licht ComeOns. Es war weiß. Warum hatte sie das nicht vorher bemerkt? Warum nur waren sie nicht einmal, nur ein einziges Mal, im Dunkel in ihrer neuen Siedlung gewesen?

Nachdem Godes Fahrzeug kontrolliert worden war, der Securitydienst machte keine halben Sachen, öffnete sich das Schiebetor nahezu feierlich. Das besagte weiße Licht warf harte Schlagschatten, als ein Kerl wie ein Baum sie mit einem knappen Winken aufforderte, eine Fahrzeuglänge vorzusetzen. ‚Wie früher an der Grenze‘, dachte sie noch, dann kurbelte sie das Fenster herunter. Ihre Freundlichkeit war aufgesetzt.

„Ich bin die Letzte. Eva.“ Sie streckte die Hand aus dem Fenster. Der Kerl erwiederte den Handschlag, griff zu, als würde ihm ein Stein übergeben.

„Werden uns jetzt öfter sehen!“

Er griente. „Hast du Tiere dabei?“

Sie nickte und rieb sich verstohlen die Hand.

„Impfungen?“ Eva erschrak. An die Impfausweise ihrer Haustiere hatte sie gerade nicht gedacht. Die waren irgendwo in den Kisten. Sie überlegte fieberhaft. Sollten die mit in den Wohnzimmerschrank oder in das Bad? Ihr Gedächtnis machte schlapp.

„Kann ich die nachreichen?"

Der Hüne nickte gnädig. „Klar, null Problemo!"

Er winkte sie durch. Langsam passierte Eva das Schiebetor. Hinter ihr auf der Rückbank wurden die Tiere unruhig. Die Zwergkaninchen trampelten und Puck mauzte leise. Eva drehte sich um und sah, wie sich das weiße Licht in den Augen der Tiere spiegelte.

Sie fuhr langsam weiter und erblickte ihren Mann. Ihr Vater hatte die Kofferklappe seines Kombis hochgeklappt und die ersten Kisten bereits hinter den Wagen gestellt. Frau Bodenbach stand neben Björn und Stoffel vor dem neuen Haus und stemmte die Arme in die Hüften. Als Eva zu ihnen kam, sagte sie:

„Mehr Platz habt ihr hier aber nicht!"

Als ob es darauf ankäme! Björn zog den Transponder. Er hielt den kleinen Plastikknopf wie eine Hostie. Dann drückte er deutlich sichtbar darauf. Im Haus gingen die Lichter an, die Eingangstür öffnete sich. Musik spielte. Ein Triumphmarsch!

Eva musste lächeln. So ein Angeber! Aber sie musste zugeben, genau zur richtigen Zeit!

## Leben im Paradies

Das Licht also. Es störte. Im Schatten des Hauses, zum Garten hin, ließ die Lichtintensität etwas nach. Die Mädchen liefen zu den Käfigen, die Eva inzwischen ebenfalls hinter ihrem Wagen abgestellt hatte. Nadja nahm die Transportbox mit Puck und Mila trug die mit den beiden Kaninchen.

„Ihr könnt die Tiere im Garten frei lassen." Auf ihrem gewählten Eckgrundstück hatten sie zwar an einer Seite des Gartens, die einen stark gekrümmten Bogen bildete, die Mauer der Außengrenze ständig im Blick, aber sie wollten sie mit Strauchwerk kaschieren. Die weitere Grundstücksgrenze ging hin zu inneren Verbindungsstraßen. So brauchten sie sich ihrer Meinung nach nicht mit direkten Nachbarn herumzuärgern.

Die meisten Grundstücke hatten seltsam geschwungene Grenzlinien, ganz untypisch für die Parzellierung in Deutschland, was irgendwie an Hundertwasser erinnerte. Eva gefiel das ausnehmend gut.

Dr. Wagner verwies beim Gespräch darauf, wie revolutionär diese Art der Grundstücksgestaltung sei, denn in Deutschland führen Eigentumsfragen zu Grundstücken immer um die Ecke. An dieser Stelle hatte er gelacht...

Tatsächlich ließen sich die weichen Grundstücksformen in der harten Welt zwar in der Realität umsetzen, nicht aber im Grundbuch, so erklärte er. Dort wäre die ganze Parzelle der Community ein einziges, ziemlich großes trapezförmiges Areal am Ufer des Boddens. Nun hat zwar auch der Bodden, diese große Bucht des Meeres, keine polygone Ufergestaltung, aber gleich hinter dem Strand, da geht es los mit den geraden Linienführungen.

Und so schließt sich hinter der eckenfreien Mauer ein Überleitungsgebiet an, welches sehr wohl an Grenzpunkten endet. Diese Übergangszone ist fein geharkt, damit jeder Übergriff, jeder Versuch körperlich in die Nähe der Grenze von ComeOn zu kommen, sichtbar wird. Es gibt in Sachen Grenzsicherheitsgestaltung Know-how in Deutschland. Das ist gewiss.

Gleich hinter der sanft geschwungenen Mauer begann also eine Art „Todesstreifen", wobei natürlich an dieser Demarkationslinie nicht geschossen wurde. Trotzdem hatte sie es in sich, diese Grenze. Sie war mit dem ganzen Firlefanz moderner Errungenschaften ausgestattet, welcher die Früherkennung organischen Lebens ermöglichen sollte: Es gab Infrarotkameras, Bewegungsmelder und Satellitenüberwachung. Das Eindringen war nicht unmöglich, jegliche Penetration der Grenze des geschützten Bereiches würde jedoch bemerkt werden!

Chef der Sicherheit war, ei der Daus, Eberhard Mehl. Eva war einigermaßen verdutzt, ein Gesicht aus dem alten Kaff wiederzusehen.

„Was machst du denn hier?", fragte sie ihn bei ihrer ersten Begegnung.

Eberhards Ego blühte förmlich auf.

„Ich leite die Security von ComeOn!"

Oh, Mann! Gerade der! Vor Jahren strich der Knabe in Benterdal um die Häuser. Hatte der Mann etwa eine Ader für das allzu Intime? War er ein Spanner? Jedenfalls tauchte er immer dann auf, wenn gerade jemand beim Duschen war. Auch wenn Umkleidevorgänge oder Paarungen anstanden, durften die Beteiligten mit einer erhöhten Wahrscheinlichkeit rechnen, danach auf Eberhard Mehl zu treffen. Aktivitäten, bei denen

Nackte vorkamen, zogen ihn anscheinend magisch an.

Dieser Mann saß nun an den Kameras der Sicherheitsleute? Das stank doch förmlich hundert Meter gegen den Wind nach Übergriffen. Sie ließen nicht auf sich warten.

Schon wenige Tage nach dem Einzug bekam Eva eine E-Mail. Sie sollte doch bitte dafür sorgen, dass Puck nicht über die Mauer klettert, weil das sicherheitsrelevant sei. Sie würde das Wort „Sicherheit" in seiner ganzen Bedeutung noch ausreichend kennenlernen dürfen. Was war das denn?

Eva ging der Puls hoch. Wie sollte sie das denn bitteschön hinkriegen?

Ansonsten war das Leben im Paradies tatsächlich ganz passabel. Für Björn änderte sich nicht viel. Er fuhr nun bloß von der anderen Seite in die Stadt hin zur Verwaltung der Universität. Die Mädchen fanden schnell Kontakt zu Gleichaltrigen, wobei ein etwas älterer Junge, Holger, eine besondere Rolle spielen sollte.

Holger, erstes und einziges Kind einer akademischen Familie, besaß einige Talente. Weil seine Eltern, die ihre besten Jahre bereits hinter sich hatten, nicht so genau hinsahen, was ihr Lieblingssohn in seiner Freizeit anstellte, konnte Holger so ziemlich machen, was er wollte. In Grenzen versteht sich, doch die Grenzen lagen für ihn in nebulöser Ferne.

Holger hatte das Glück, seinen immensen Gestaltungsdrang ungehindert ausleben zu können. Nicht mit einem Modellbaukasten, direkt im Paradies konnte er bauen! Fast alle Grundstücke waren verkauft, trotzdem gab es noch einige ungenutzte.

In der Mitte der Anlage befand sich ein wunderbar verwildertes Grundstück. Hier errichtete Raubritter Holger seine Burg. Und er erzählte den beiden blonden Engeln, die hinzugezogen waren, von seiner Baustelle.

Für sie wurde das Gestrüpp Ersatz für den verlorengegangenen Platz ihrer frühen Kindheit, den Platz unter der Esche am Ryckbogen.

Hartriegel hatte sich breitgemacht und einige wild gewachsene Brombeeren machten das aufrechte Durchschreiten der Hecke unmöglich.

Auch Holunder, diese wunderbare Pionierpflanze, unverwüstlich in ihrem Optimismus, beschattete den inneren Kreis, die eigentliche Spielfläche der Kinder. Genau hier baute Holger, wobei er Baumaterialien von den neu hinzugekommenen Baustellen abzweigte.

Es war abzusehen, dass irgendwann auch ihr Refugium dem Bauboom weichen musste, aber darum machten sie sich keine Gedanken. Ja, es war das Paradies für die Kinder.

Besonders Nadja war ganz wild auf den Platz dort im undurchdringlichen Herzen von ComeOn. Mila kam auf die Idee, Puck mit in den illustren Kreis ihrer Gang aufzunehmen, was der Statistikkurve melderelevanter Mauerüberschreitungen einen deutlichen Drive nach unten verpasste.

Jedenfalls hielt Mehl erstmal die Klappe und Eva atmete auf.

Sie selbst schaffte in kürzester Zeit ihren Abschluss und nahm die Stelle beim Sozialdienst an. Die Sache lief, so schien es.

Bevor die Eltern die schützende Exklave in Richtung ihrer Arbeitsstellen verließen, kam regelmäßig und zuverlässig der Schulbus. Keinerlei Unregelmäßigkeit machte Eva in dieser Beziehung nervös.

Pünktlich um Sieben zischten die pneumatischen Türen, pünktlich um Sieben stiegen Nadja und Mila in den Bus. Die Übergabe erledigte Björn, denn Eva bekam gelegentlich heftige Weinanfälle, wenn der Bus die Türen zuklappte.

Während der Abwesenheit der Familie wurde Puck vorsichtshalber im Haus eingesperrt. Anfangs durften die Kaninchen noch auf die Wiese am Haus, bis eines Tages ein ziemlicher Jonny von Mäusebussard einen Probeangriff flog. Glücklicherweise saßen gerade alle auf der Terrasse und so kamen sie mit dem Schrecken davon.

Die beiden Karnickel bemerkten ihren fliegenden Tod wohl noch nicht einmal, welchem sie um Haaresbreite entgangen waren. Künftig bekamen sie einen überdachten Laufstall. In den trugen sie die Zwillinge abwechselnd am Morgen hinein. Durch die Überdachung erhielten die kleinen Tiere einen ausreichenden Schutz gegen Angriffe aus der Luft.

Björn zog das Ding ab und zu ein Stück weiter. So sparte er sich sogar noch das lästige Mähen. Den Rasenschnitt hätten sie zwar auch vergeben können, wie in ComeOn eben alles an vorstellbaren Dienstleistungen vergeben werden konnte, aber an einigen Stellen mussten sie eben sparen.

Die Zeit verging, alles schliff sich ein.

Doch halt, nicht alles!

Franka und Gode kamen sie nicht mehr besuchen. Das musste mal wieder am Dickkopf des Alten liegen, denn als er mitbekommen hatte, wer da das Sicherheitszepter schwang, lehnte er weitere Besuche kategorisch ab.

„Der Mehl, dort am Tor? Seid ihr denn alle verrückt geworden?"

Sie redeten mit Engelszungen. Selbst Franka lehnte sich ziemlich weit aus dem Fenster.

„So verkehrt ist der Eberhard doch nicht. Der hat doch sogar Disco gemacht, weißt du noch?"

Gode wurde laut.

„Dieser blöde Kerl! Der hat mein Brot gefressen, damals, weißt *du* noch? Winter 78/79?"

Franka rollte die Augen. Typisch Mann! Man musste doch auch mal einen Schlussstrich ziehen können. Aber ihr Gode war nun einmal in Fahrt.

„Das ist so ein Verdrückter: Vorne rum freundlich und hinten rum… Ich sage dir, zu dem passte sein Dienstgrad bei der Asche*. Der war Unteroffizier von Geburt an!"

---

*Asche - abfällige Bezeichnung der wehrpflichtigen jungen Männer für die NVA

Als Franka und Gode das Rolltor hinter ihrem Kombi zugehen sahen, wussten sie noch nicht, dass Gode erst Jahre später die Liegenschaft heimlich wieder betreten würde.

‚Die machen doch nur ihre Arbeit!' Das war der Konsens, welcher schließlich die Familie im geschützten Bereich die Aktivitäten der Securityleute ertragen ließ.

Besonders den einen, den Kerl, der wie ein Hauklotz aussah und ihr beim Erstkontakt bald die Hand zerquetschte, den hatte Eva buchstäblich „gefressen".

Sein Spitzname war ‚Knüppel' und weiß Gott, der passte.

Eva musste aufpassen, dass sie ihrer Abneigung gegen diesen Menschen nicht zu viel Spielraum gab. Sie lauschte in sich hinein. Hatte ihr Vater ihr ein Erbe an Voreingenommenheit hinterlassen? Auf diese Frage fand sie keine befriedigende Antwort. Sie schob die Grübeleien beiseite.

Im Sommer, wenn die herrliche Morgenluft, dieser wunderbare Duft des Meeres, Eva dazu brachte, mit offener Fensterscheibe den Kontrollpunkt am Ausgang ComeOns anzufahren, legte der Kerl seine Quadratpfote in das offene Fenster. Sie verfluchte in solchen Momenten ihre Zerstreutheit, denn das Fenster musste bei der Passage geschlossen sein. Punkt. Dann konnte der Arsch seine Pfote auch nicht ins Fenster legen.

Aber wie gesagt, ab und zu träumte Eva, und dann passierte es. Und jedes Mal starrte sie wieder auf die seltsame Narbe zwischen Zeigefinger und Daumen. Wie konnte man sich denn dort verletzen? Sie fragte ihren Vater.

„Der war im Knast, das sage ich dir. Und er hat sich die Tätowierung wegmachen lassen."

Tja, ihr Vater hatte auf alle Fragen eine einfache Erklärung. Er grinste schief, als er ihr diese gab. Dann wackelte der alte Herr mit dem Zeigefinger, als wollte er sie schelten.

„Eins sage ich dir noch: Es gab genug Leute, die zu Recht im Knast saßen. Nicht alle werden rehabilitiert. Und weiter sage ich nichts dazu. War ja eure Wahl hier, der ganze Scheiß!"

Da war sie wieder, die furchtbare Unversöhnlichkeit, mit der Gode so viele Sachen für sich selbst und seine Nächsten schwierig machte.

Das Leben im Paradies, es schliff sich ansonsten ein. Eva kam zur Ruhe.

An lauen Sommerabenden, wenn sie auf ihren Björn wartete, wehten die Rufe der Badenden vom nahen Strand zu ihnen herüber.

So bescheiden die Qualität des Strandbades hier am Bodden auch war, sie hatte eine Möglichkeit zum Schwimmen, direkt vor der Tür! Wer hatte das schon? Und selbst wenn einem das Boddenwasser zu dreckig schien und einem trotzdem nach einem Freibad war, konnte Abhilfe geschaffen werden.

ComeOn besaß einen 1A Swimmingpool. Und noch etwas Positives hatten sich die Manager der Community ausgedacht: Das Gemeinschaftshaus. Gelegentlich gab es hier Tanzveranstaltungen (Als Discjockey legte DJ Eberhard auf, in Hawaiihemd, mit allem Pipapo!) und neben dem Saal befand sich eine kleine Küche und zwei Appartements, die nach vorheriger Bedarfsanmeldung für Besucher genutzt werden konnten. Das war nun echt paradiesisch, fand Eva.

Sie verschränkte die Arme im Nacken, blickte in die tiefstehende Sonne und war glücklich. Einfach nur glücklich.

Später hörte sie, wie Nadja und Mila im Korridor miteinander schnatterten. Es klang ein wenig wie das Zwitschern der Schwalben, die über ihrem Paradies ihre Runden drehten. Die schwatzten im Flug! Landen durften sie in ComeOn nicht. Schließlich wurde sogar mit dem Schlauch nach ihnen gespritzt, weil ihr Kot die Hausfassaden verschmutzte.

Professor Lehmann, Holgers Vater, schlug vor, für die Vögel Nistmöglichkeiten an der Mauer anzuschrauben.

Bald ragten dort tatsächlich Pfosten in die Höhe, die, untereinander verbunden, eine Überdachung ergaben. Zunächst ignorierten die Schwalben das Angebot. Doch bereits ein Jahr später akzeptierten erste Jungpaare die Nisthilfen und bald schon wurde es eng im Schwalbenquartier. Die Nisthilfen wurden erweitert; es gab ja ausreichend Außenmauern!

Die Mädchen zwitscherten also wie die Schwalben und diesmal rannen Eva die Wonneschauer über den Rücken. So konnte, so musste es bleiben! So schön!

Als Björn nach Hause kam, hatte sie die Mädchen bereits abgefüttert. Puck schlief auf dem Sofa im Wohnzimmer und die Karnickel mümmelten zufrieden in ihrer Kiste. Björn goss sich ein wenig Wodka in ein Glas, gegen einen Entspannungstrunk hätte sie doch nichts, oder?

Eva hielt ihr Glas ebenfalls hin.

„So lange sich bei dir nicht alles entspannt!"

Björn bekam einen wohligen Schreck, als ihm Eva in den Schritt fasste. Sie war sonst nicht so direkt. Na gut, aber warum nicht?

Sie stellten die Wodkagläser zur Seite. Ja, die körperliche Liebe kann sehr viel Spaß machen. Björn hielt ihr den Mund zu. Dann trug er sie ins Schlafzimmer. Sie war ja immer noch so ein Spatz!

## Spiele

Von außen wirkte das Refugium der Kinder massiv und undurchdringlich. Die dichten Sträucher hielten lästige Brennnesseln nieder. Nur im Außenbereich, an den Rändern, konnten sich die nährstoffhungrigen Pflanzen halten.

Dort störten sie nicht, bildeten sie doch einen natürlichen Schutz gegen neugierige Eindringlinge. Aber wer sollte sich schon zwischen die Sträucher zwängen?

Die erwachsenen Bewohner ComeOns hatten andere Sorgen, als ihren Kindern ins Gebüsch hinterher zu kriechen.

Die betagten Eltern Holgers, Professor Lehmann insbesondere, wären niemals auf die Idee gekommen, ihrem Sprössling ins Gestrüpp zu folgen. Die professorale Gattin ebenso wenig. Zumal sich die beiden Altlehmanns ein prima Erziehungsmodell aus der Vergangenheit herübergerettet hatten: die antiautoritäre Erziehung.

Sie ließen also Holger machen. Und Holger machte.

Außerhalb des Platzes, auf welchem Holgers Schloss stand, war das Strauchlabyrinth groß genug, um Verstecke zu spielen.

Stundenlang und mit wachsender Begeisterung jagten sich die Halbwüchsigen durch die höhlenartigen Gänge und über winzige Lichtungen. Sie besaßen so viel Disziplin, dass selbst in den dramatischsten Situationen kein lautes „Anschlag Mila!", oder besser noch kein jubelndes „Frei!" aus ihrem Gebüsch drang.

So spielten sie, bis sie von ihren Eltern gerufen wurden. Dann rannten sie über die sanft geschwungenen Straßen und erschienen verschwitzt und mit geröteten Gesichtern zum Essen.

Holgers Schloss, diese abenteuerliche Bude, besaß über dem Hauptraum sogar noch einen kleinen Turm.

Eines Tages erschien Holger ganz aufgeregt. Sein rundes Gesicht glühte vor Eifer und die ein wenig abstehenden Ohren leuchteten.

„Der Turm ist von außen zu sehen!"

Beim Rückbau dreier Steinschichten packten alle mit an.

Die Zeit dort im Refugium erschien den Mädchen wie auf wundersame Art gedehnt. Die langen Sommerabende wurden zu Stunden des Glücks.

Mila streckte sich ebenso wie früher unter der Esche gern auf dem Dach des Schlosses aus. Aber hier oben war es besser. Denn sie lag auf dicken Dielen. Die hatte Holger eines Abends, als es noch früher dunkel wurde, ins Unterholz gezerrt.

Sie spürte das warme Holz, sah die Wolken ziehen und hörte dem trägen Geschwätz ihrer Spielkameraden zu. Die Zeit schien stehen zu bleiben.

Mila war jetzt dreizehn und immer noch so verträumt, wie am Ryckbogen. Sie wälzte sich auf den Bauch, die wundersame Zeitdehnung platzte wie eine Seifenblase, als ein leiser Schrei Nadjas zu ihr drang.

In der Torwache drehte Eberhard Mehl den Monitor so, dass nicht gleich jeder Vorbeifahrende sehen konnte, was er hier aufzeichnete.

Genau das war geschehen, was Holger verhindern wollte. Mehl hatte den Turm über dem Gesträuch bei einem Rundgang gesehen.

Er dachte empört an sofortigen Abriss und Räumung des Geländes. Allerdings fand er später die Idee, hier seine Fähigkeiten als exzellenter Wachmann unter Beweis stellen zu können, noch viel verlockender.

Es war ganz einfach für ihn, während der wochentäglichen Abwesenheit der Kinder eine Kamera so anzubringen, dass sie die ganze Szenerie des Hauptplatzes auf den Monitor in der Torwache brachte.

Wenig später platzierte er drei weitere Linsensysteme, als er mitbekam, dass die Kinder hier spielten. So konnte er jede Bewegung, jedes feine Härchen sehen. Er war begeistert.

Eberhard freute sich über jeden Sonnentag, den ihnen die Großwetterlage dieses Sommers schenkte.

Freiwillig übernahm er die bisher ungeliebten Dienste. Freiwillig saß er Stunde um Stunde am Monitor, um bloß nichts zu verpassen. Als er ein neues, üppiges Speichermedium in Betrieb nahm, ahnte er nicht, wie viele interessante Aufnahmen ihm die Kinder schenken würden.

Im Gästehaus wiegte sich inzwischen Eva in den Armen ihres Mannes.

Ja, sie tanzte! Die Kinder spielten. Irgendwo, in Sicherheit!

Eine feurige Musik erklang. War das ein Tango?

Egal, Björn führte sie und der *Run* begann.

Sie trug das rückenfreie kleine Schwarze. Ihr dickes blondes Haar, gerafft durch einen lockeren Knoten, streichelte ihren Nacken.

Eva wendete das Gesicht zur Seite, fort von Björn. Der riss sie an sich, schien ihren Blick zu suchen. Das Ende der Tanzfläche war erreicht. Sie stoppten, sonst wäre es durch die Wand gegangen.

Mit einer zackigen Drehung war die Wende geschafft. Evas Bein schlüpfte aus der schwarzen Hülle, zuckte empor. Wieder verharrte das Paar, wiegte sich in den Hüften. Ha, die reine Erotik! Der reine Sex?

Das Publikum applaudierte. Mit rotem Kopf, ein wenig verlegen, drängten sich Eva und Björn wieder zu ihren Sitzen. Hatten sie zu viel von sich preisgegeben?

Bis eben war die ganze Veranstaltung so furchtbar öde gewesen. Familie Lehmann, ihre direkten Nachbarn, hatten zur silbernen Hochzeit geladen. Es kamen ausschließlich Bewohner ComeOns. Anfangs schien es ihnen ein wenig seltsam. Aber schließlich, auch zu ihnen kamen die eigenen Eltern ja nicht mehr.

Eberhard Mehl beugte sich nach vorn, als er sah, wie Nadja ihrer Schwester vom Dach half. Er ahnte nicht, dass er mit seinem Leben spielte. Ginge es nach dem Willen Godes, blieben ihm nicht einmal mehr vier Jahre.

## Vor den Toren

Seltsam, im Nebel zu wandern!
Leben ist Einsamsein.
Kein Mensch kennt den andern,
Jeder ist allein.*

*Hermann Hesse - Gedicht ,Im Nebel'*

Auf einem Häuserblocke sitzt er breit.
Die Winde lagern schwarz um seine Stirn.
Er schaut voll Wut, wo fern in Einsamkeit
Die letzten Häuser in das Land verirrn.**

**Stefan Heym - Gedicht ,Der Gott der Stadt'*

## Sicherheit zuerst

Die Wohnung in der Majakowskistraße war ein wenig heruntergekommen. Das musste man schon zugeben.

Der Eigentümer, genannt Millionärsschmiddi, war nicht gerade darauf versessen, den Leuten auf seine Kosten ein komfortables Zuhause einzurichten.

Nein, das war er ganz gewiss nicht. Und so konnten die Mieter wieder und wieder dem Hausmeister auflauern, um sich zum Beispiel einen tropfenden Wasserhahn mit einem neuen Dichtungsgummi versehen zu lassen oder statt einer rissigen Spülschüssel eine neue zu wünschen. Sie hätten ihre Wünsche ebenso aus dem Fenster rufen können.

Eberhard kannte das ganze Spektrum an Verzögerungstaktiken, und sie waren ihm egal.

Er fragte nicht dumm nach, er reparierte Schäden einfach selbst. Schließlich verdiente er inzwischen so gut, dass es nur eine Frage der Zeit war, bis er der ollen Bude hier im heruntergekommenen Block den Rücken zuwenden könnte.

Und er hatte seinen Freund, den Knüppel.

Der war früher einmal Elektriker gewesen, was heutzutage Gold wert war. Eberhard zog alle Register, als ihm bekannt wurde, dass eine zusätzliche Stelle am Tor zu ComeOn vakant wurde. Schließlich konnte er nicht allein und rund um die Uhr für Sicherheit sorgen.

Wenn jemand eine solche Vertrauensstellung erhalten sollte, dann müsste das ja wohl jemand sein, mit dem er sich gut verstand.

Der Knüppel mochte früher zwar ab und an mal ausgetickt sein, denn umsonst war er sicher nicht wegen Körperverletzung im Kahn gelandet.

Er hatte ihn im Anker, der Wohngebietskneipe im Dichterviertel, (alles russische Namen, kann man sich denken, wo das herkam) kennengelernt und sie hatten manches Bier zusammen getrunken. Schnaps passte auch ganz gut in den Kerl hinein. Als Eberhard einmal so voll war, dass er den Witz von dem Besoffenen, der sich selbst auf die Hände trat in echt nachspielte, griff Knüppel zu und brachte ihn nach Hause.

Das vergaß ihm Eberhard nicht. Er war es auch, der ihm riet, vor der Bewerbung bei ComeOn die verräterischen blauen Punkte entfernen zu lassen.

„Sonst brauchste nich anzutreten!"

Knüppel hörte brav auf ihn und wenn er heute zur Ablösung seine Quadratfresse sah, wurde ihm stets ganz warm ums Herz.

Nicht, dass er den Kerl liebte, aber er konnte sich auf ihn verlassen. Und genau das braucht man im Securitygeschäft.

Über den Tag hinweg war es manchmal tatsächlich ein wenig langweilig, dort in der Torwache. Eberhard hatte sich selbst einen Plan aufgestellt, den Dr. Wagner im Nachhinein absegnete.

„Sehen wir gern, Herr Mehl, solche Eigeninitiative!"

Der schnieke Geschäftsmann klopfte Eberhard jovial auf den Rücken.

Heiner, also Knüppel, bekam dagegen nur ein knappes Nicken.

An diesem Abend fanden sie Spuren auf der geharkten Demarkationslinie. Eberhard, noch voll des Lobes von ganz oben, legte sich auf die Lauer. Dafür musste er inzwischen nicht einmal mehr vor Ort sein.

Zu Hause, auf dem Sofa, klinkte er sich via Fernsteuerungssoftware in das *System* von ComeOn ein.

Gegen 1:00 Uhr trat eine schmächtige Gestalt an die Mauer, blickte um sich und schlug die Kapuze seines Hoodies zurück. Eberhard grübelte. Den kenne ich doch?

Dann schlug er sich vor die Stirn. Das ist doch der Spacko aus dem Nachbarkorridor! Der, der ständig die Fahrräder wechselt.

Ungefähr eine Stunde hielt sich Spacko auf dem Firmengelände auf. Dann seilte er langsam eine Kiste ab. Ein Laptop? Könnte sein. Eberhard konnte sehen, wie der Junge mit dem Kasten unterm Arm bis zu seinem Fahrrad ging. Dort steckte er die Kiste in die Gepäckträgertasche.

Gar nicht mal so blöde, die Aktion! Mit dem Fahrrad würde ihn wohl keiner stoppen, es sei denn, er fuhr ohne Licht. Aber sonst? Käme doch keiner auf die Idee, Diebesgut auf einem Fahrrad zu vermuten!

Sie machten die Sache auf ihre Weise klar. Die Häuser in der Majakowskistraße haben lange und verwinkelte Korridore und hier, hier gab es ganz gewiss keine Kameras.

Knüppel trat vor Spacko in den Korridor und Eberhard hinter ihm.

Sie hatten die volle Montur angezogen: schwarze Securityuniformen, die amerikanischen Schlagstöcke an der Seite, Funksprecher an der Hüfte.

Sahen schon ganz schön martialisch aus, die Jungs!

Spacko zuckte zusammen. Sein erster Impuls riet ihm zur Flucht. Eberhard behielt ihn fest im Auge, Heiner zog den Schlagstock blank.

„Denk nicht mal dran ... Spacko!" Eberhard spuckte die Worte zwischen zusammengepressten Zähnen hervor.

Heiner schnappte sich den Jungen. Eberhard schlug zu. Zwei kurze, schnelle Schläge, direkt in die Magengrube. Spacko stöhnte auf und klappte zusammen.

„Wehe, du lässt dich nochmal sehen, dort in ComeOn!"

Knüppel trat dem Liegenden kräftig in die Seite. Wenn Knorpel bricht, ist das ein hässliches Geräusch.

„So, du Arsch! Strafe muss sein. Denk dran und besser ist, du bist die Treppen runter gefallen."

Er packte den Jungen bei den Haaren und riss den Kopf in die Höhe. Dann spuckt er in das verzerrte Gesicht.

„Verstanden?"

Der Junge nickte.

Die beiden Sicherheitsleute richteten ihre Ausrüstung. Die Tür zum Korridor ging kurz auf. Eine schmale Frauengestalt wieselte um die Ecke, die beiden Männer folgten unbemerkt.

Flinke Schritte trippelten im Treppenhaus treppauf.

„Der Spacko, da vorne, der ist gestürzt! Wir haben ihm wieder aufgeholfen!"

Eberhards Stimme schallte durch das Treppenhaus. Die Frau hatte nichts gesehen, das war gewiss!

Am Abend bekam Eberhard Besuch. Mandy. Sie war ihm bei der Silberhochzeit aufgefallen. Irgendwie bestand ein verwandtschaftliches Verhältnis mit den Lehmanns. War sie eine Nichte der Alten? Da hatte er nicht richtig aufgepasst. Vielleicht, vielleicht auch nicht. Er konnte sich schließlich nicht alles merken.

War schon mit den ständig wechselnden Musikwünschen so eine Sache: Die Ossis, die wollten Karat, Silly und so'ne Schnulzen. Die Wessis, die rollten eher bei Freddy Mercury die Augen. Und dann noch einen Tango?

Da sollte noch einer durchsehen. Ihm war es egal. Er bekam dreihundert für den Abend und war zufrieden.

Also, die Mandy: Die tanzte ganz allein, und das war ein Jammer. An der war alles dran, genau wie er es mochte.

Und sie war so unkompliziert.

Als die Leute nicht mehr tanzen wollten, konnte er mit ihr sprechen. Sie war Krankenschwester auf der Intensivstation. Er musste ihr gefallen haben, denn sie nahm seine Einladung gern an. Nun pochte sein Herz ein wenig, obwohl sie die Sache nicht verkomplizierte.

Die schlichte Wohnung Eberhards gefiel ihr ganz gut.

Sie zahlte sich aus, seine konstante Behebung der Mängel. Gab nichts zu meckern an seiner Butze. Kein Wasserhahn tropfte, keine Spülschüssel hatte Risse. Alles Tippitoppi!

Bloß als sie in das kleine Arbeitszimmer mit dem Fernwartungszugang wollte, da musste er sie ein wenig ausbremsen.

„Das ist top-secret! Sorry, da kannst du nicht rein!"

Wie gesagt, Mandy war in dieser Hinsicht absolut kein Problemfall. Später wollte sie mit Gummi. Na klar doch, ist doch auch besser so.

Und noch ein wenig später ging sie ihm mit Svenni auf den Zünder. Svenni hier, Svenni da. Svenni war ihr Gewerkschaftsfuzzi.

Wollte sie von dem was und merkte es selbst noch nicht?

Eberhard war nun absolut das Gegenteil der psychologisch vorgebildeten Bewohner in ComeOn.

Aber so viel Menschenkenntnis hatte er doch.

Wenn er hier nicht regulierend eingreifen würde, könnte es geschehen, dass Mandy bei Svenni landet.

Sven Skowronnek war Personalratsmitglied im technischen Part des Unibetriebes.

Skowronnek, zuständig für die Gehaltsforderungen Mandys, war für die junge Frau schon interessant.

Schließlich vertrat er ihre Interessen gegenüber dem Arbeitgeber. Eberhard überlegte.

Auf die harte Tour durfte er dem Kerl wohl nicht kommen, obwohl es ihn natürlich reizte, die Nummer mit dem Spacko an Skowronnek auszuprobieren. Aber vielleicht verstand der Mann ja einen dezenten Hinweis?

Eberhard sah sich zunächst an, wie Skowronnek sein Büro verließ, wie er in sein Auto stieg und wo er das Auto abstellte. Das Fahrzeug, ein Sharan, eine Familienkarre, eigentlich 0815. Alles kein Problem.

Aber dass Skowronnek den braven Familienvater mimte und gleichzeitig seine Mandy anbaggerte, das stank ihm gewaltig.

Die Karre stand auf einem Parkplatz etwas entfernt von Svennis Wohnung. Eberhard schaute in den Rückspiegel seines Autos. Alles ruhig, weit und breit keine Videokamera zu erkennen. Da hatte er schließlich einen Blick dafür. Irgendein Trollo hatte eine Wildkamera an einen Baum gebunden. Die Dinger gab es neuerdings in jedem besseren Einkaufszentrum. Er ging hin und schnallte das Teil ab. Sicher ist sicher! Dann nahm er es einfach mit.

Nun ging er in normalem Tempo an Skowronneks Karre vorbei. Blöd nur, dass an den Stirnseiten der Wohnhäuser keine Fenster waren, denn irgendein Blödmann glotzte schließlich immer. So aber…

Er drehte um, ging neben dem Sharan kurz in die Knie. Das Stück Kohlenanzünder in seiner Hand brannte sofort mit kleiner heller Flamme. Er schob es unter das Vorderrad nahe dem Gehsteig. Dann ging er weiter.

Der Markt an der nächsten Ecke hatte bis 22 Uhr geöffnet.

Bald hörte er den Reifen platzen.

Es krachte ganz ordentlich. In der Ferne heulte eine Sirene. Eberhard löffelte noch eine Gulaschsuppe, dann ging er zu seinem Auto.

Das Blaulicht der Feuerwehr zuckte über die Gesichter der Gaffer. Die Karre von Svenni war garantiert Schrott.

Eberhard schloss seinen Wagen auf und fuhr nach Hause. Er hatte zwar das Problem noch nicht gelöst, wie er Svenni den Zusammenhang zwischen seiner abgebrannten Karre und Mandy beibiegen könnte, aber er war trotzdem ganz zufrieden mit sich. Vielleicht würde der Kerl ja auch selber darauf kommen.

# Energie

Das Haus der Familie Wind hätte den Anforderungen an ein Niedrigenergiehaus nicht standhalten können. Es war schlicht und einfach zu alt dafür und die Möglichkeiten, im Nachhinein etwas an den alten Häusern der Siedlung in dieser Richtung zu verbessern, zeigten sich arg begrenzt.

Gode isolierte die Außenwände und Franka stopfte Mineralwolle in die zugigen Abseiten des Dachbodens. Aber an die alten gemauerten Fundamente, an die kamen sie nicht so einfach heran.

Sie blieben, was sie seit Beginn ihrer Existenz darstellten: Kompromisse.

Im Hause der Familie Wind bildeten sie einen Kompromiss zwischen dem Anspruch der Erbauer, einen geräumigen Keller zu besitzen, und den Möglichkeiten, das Grundwasser unter Verwendung von Mörtel und Ziegelsteinen dauerhaft auszusperren.

Das Grundwasser siegte regelmäßig, denn die Wände blieben feucht. Im Frühjahr, wenn die schmelzenden Schneemassen den Grundwasserspiegel ansteigen ließen, stellten Franka und Gode alles hoch, was ihnen an Wintervorräten noch von Bedeutung schien.

Sie legten Steine unter einfache Obststiegen und Maik, ihr Erstgeborener, stapfte in Gummistiefeln durch die zunächst nur wenige Zentimeter tiefen Fluten in den Kellerräumen.

Stiegen sie weiter, reichten die kleinen Gummistiefel nicht aus und die Erwachsenen entrissen das benötigte Eingeweckte einmal in der Woche unter Nutzung einer gewaltigen Wathose den klaren und kalten Fluten ihres Kellersees.

Jahre später, Maik arbeitete inzwischen schon lange beim örtlichen Energieversorger, bauten sie Drainagen ein und gruben tiefer liegende Siele.

Begann die Schneeschmelze, liefen die Siele voll und die eingebauten elektrischen Lenzpumpen schalteten sich automatisch an.

Dann schossen aus mehreren Rohren an den Außenwänden von Zeit zu Zeit massive Wasserstrahlen. Das Haus lenzte so, wie ein Schiff Kühlwasser pumpt.

Der Keller blieb von da an trocken. Die Wände jedoch fassten sich weiterhin kalt und nass an. Gode klebte, als er mal wieder die Nase von ihren feuchten Kellerwänden voll hatte, einfach Fliesen vor die unverputzten Mauersteine. Und siehe da, die Kälte blieb zwar, aber der Keller sah nun viel freundlicher aus im strahlenden Weiß der Fliesen. Franka zeigte sich sehr zufrieden. Sie lobte Gode von Herzen.

Maik sah die Sache allerdings kritischer. Da die Fundamente von außen immer noch nicht dicht waren, bezeichnete er seinen Vater nur noch als alten Pfuscher.

„Hättest die Wände von außen ausbaggern müssen!"

Gode nickte. Der Junge hatte ja recht. Trotzdem scheute Gode den Aufwand, und ihr Haus am Ryckbogen blieb energetisch ein Sanierungsfall.

Gode und Maik arbeiteten oftmals harmonisch an den verschiedenen notwendigen Verbesserungen der Situation in und um ihr Häuschen. Dann hob Franka den Kopf und schaute stolz zu, was die beiden wieder so machten.

Die Sammelgrube wich einer modernen Kläranlage, die Waschzuber wandelten sich in ein Bad mit Wanne und Duschgelegenheit. Und die Wasserversorgung - es grenzte an ein Wunder -, die Wasserversorgung erfolgte seit dem Ende der neunziger Jahre des vorigen Jahrtausends zentral.

Das Wasser kam von da an durch Rohre aus der nahen Kreisstadt. Nie wieder musste die Pumpe angegossen, nie wieder eimerweise Wasser vom Pumpenschwengel gehoben werden.

Keine Frage, die Wohnsituation der Familie verbesserte sich. Andere, neue Probleme traten in den Vordergrund.

Als Eva pubertierte, kaufte ein Mann das Nachbargrundstück, der das Leben ihrer Eltern Jahre später auf den Kopf stellen würde.

Bauleute machten sich ans Werk und stampften ein Haus aus dem Boden. Der Bauboom in der Siedlung hatte begonnen und der erste Investor hieß Schmidt. Unter Nachbarn kam es bald zum vertraulicheren Schmiddi.

Schmiddi arbeitete bei der Sparkasse in der Immobilienabteilung. Gewaltige Vermögenswerte kamen nach dem Zusammenbruch des deutschen Teil- und Experimentalstaates in Umlauf, und Schmiddis Finger, Hände, Arme steckten tief drin in diesem Mahlstrom ehemals volkseigener Werte.

Er schien darin zu baden – genau so sah es aus! Auf jeden Fall fühlte sich Schmiddi pudelwohl. Das sahen die verantwortlichen Sachwalter des Kommunalvermögens mit Grauen.

Um möglichen Vorwürfen von Begünstigung und Vetternwirtschaft zu entgehen, privatisierten sie die Immobiliensparte ihrer Kasse, zumindest was den Schmidditeil anging.

Und Schmiddi? Versehen mit einer beachtlichen Immobilienanzahl und mit ihnen einhergehender Kreditfähigkeit in Millionenhöhe avancierte der ehemals mittellose Sachbearbeiter zum Millionär. In eingeweihten Kreisen wurde er mit freundlichem Respekt ‚Millionärsschmiddi' genannt.

Gode bekam das alles nicht mit. Wohl aber sah er das hübsche Häuschen an seiner Grundstücksgrenze entstehen.

Er sah den Mann, der täglich zuverlässig und ordentlich gekleidet seinem Tagwerk nachging. Gode bewunderte die Leichtigkeit, mit der Schmiddi mit Vermögenswerten umging, und als er erfuhr, dass sein Nachbar eine Immobilienfirma betrieb, stieg Schmiddi noch in seiner Achtung. So viel Verantwortung auf so jungen Schultern!

Franka blieb ein wenig kritischer. Vor allem störten sie die Partys, die öfter mit gehörigem Aufwand und ganzen Heerscharen feierwütiger Leute über die Bühne gingen. Sie sorgte sich ein wenig um ihren Maik, der den jungen Mann nebenan regelrecht anhimmelte.

Eines Abends suchte sie Maik. Über den ganzen Tag verteilt fanden verschiedene Events, wie Nägeleinschlagen, Wikingerschach und Topfschlagen statt.

Franka beobachtete mit Interesse, wie sich scheinbar solide Banker im Businessoutfit in infantile Spiele vertieften.

Die Party lag in den letzten Zügen und als Franka durch das Fenster schaute, sah sie, wie Schmiddi gerade ein ziemlich korpulentes Mädchen auf der Tischplatte seiner schicken Küche beglückte.

Naja, sie kochte schließlich nicht da drin. Sie fand Maik in seinem Baumhaus. Wenn sie später von den verschiedenen Geliebten Schmiddis einen Kuchen angeboten bekam, verfütterte sie diesen regelmäßig an die Hühner und Ziegen.

Franka schüttelte den Kopf. Eins fiele ihr sicher nicht im Traum ein: mit dem Mann Geschäfte zu machen.

Franka widerstand überhaupt allen Verlockungen, in den Boomzeiten der Jahrtausendwende das schnelle Geld zu machen.

Gode zeigte sich in dieser Beziehung erheblich verführbarer. Er ließ sich auf einen Vorschlag

Schmiddis ein, gemeinsam ein Grundstück in einem der nahen Ostseebäder zu kaufen.

Wie es ihm gelang, den Eintrag der Grundschuld in Abteilung 2 des Grundbuches an seiner Frau vorbei zu lancieren, blieb sein Geheimnis.

Fest stand jedoch, Familie Wind besaß ein Grundstück an der Küste und Schmiddi baute darauf Windräder. Schmiddi feixte Gode an.

„Dafür stehst du mit deinem guten Namen…!"

Eines Tages bot sich die Gelegenheit, in der Kreisstadt ein größeres Haus, eine Villa, zu erwerben.

Schmiddi verkaufte sein Anwesen am Ryckbogen mit ordentlichem Profit und verlegte seinen Lebensmittelpunkt in die Stadt.

Das Windradprojekt lief gut und ein festes Einkommen bestärkte Gode in seiner Annahme, alles richtig gemacht zu haben.

Dann kamen die Stürme.

Eines Abends sangen Lerchen am Sommerhimmel.

Franka lehnte sich über die Balkonbrüstung des ehemaligen Schmiddihauses, welches ein junges Ehepaar aus der Kreisstadt erworben hatte. Sie beobachteten eine seltsame Wolkenbildung am

Horizont, denn über den westlich gelegenen Feldern baute sich ein Tornado auf.

Mit Interesse betrachteten sie vom Balkon aus den Saugrüssel, der sich, deutlich sichtbar, gelegentlich aus der rotierenden Wolkenformation bis zur Erde erstreckte.

Der Wolkenkreisel kam nur sehr langsam in ihrer Richtung voran und Gode räumte in aller Ruhe ein paar Dinge weg.

Auch die Campingstühle und die leichten Tische stellte er dichter an das Haus, während die Hunde auf der Wiese weiter um ihn herum tollten.

Als die Wolkenformation genau über ihm ankam, schaute Gode verwundert in das Auge des Sturms hinauf. Es leuchtete blau und unschuldig im Zentrum der umlaufenden dunklen Wolken.

Es schien ganz still darin zu sein. Nur eine Lerche trillerte vor dem hellblauen Loch und ihre Triller waren deutlich zu hören. Er sah noch, wie sich der Rüssel in Richtung Westen auf die Felder absenkte, dann begann der Tanz.

Ein rhythmisches Stampfen, sehr schnell, etwa im Takt einer flatternden Fahne, begann auf die Trommelfelle zu schlagen. Der Hündin verging das Tollen, denn sie flog durch die Luft.

Gode packte sie an den Hinterläufen, zog sie an sich, dann warf er sich schützend über das kleine Tier.

Franka und der Nachbar schrien auf dem Balkon, die Tür knallte zu und sie verschwanden im Haus.

Der Saugrüssel aber bahnte sich seinen Weg. Er war nicht besonders breit, nur ein, zwei Dutzend Meter, vielleicht. Aber was sich ihm in den Weg stellte, wurde unbarmherzig abrasiert.

Sekunden später - sie kamen ihnen wie mehrere Minuten vor - war der Spuk vorbei.

Die Dachrinnen hingen traurig herunter, das Dach des Nachbarn lag auf der Wiese hinter dem Haus, und Dachziegel steckten wie in einem Spickbraten in der Rückwand. Niemand wurde verletzt. Das blieb das eigentliche Wunder.

Alle Bäume, die dem Rüssel im Weg gestanden hatten, lagen gefällt auf der Seite. Einige Kiefern wiesen einen kegelförmigen Abriss auf. Sie sahen aus wie abgeschraubt.

Welche Energie! Wieder und wieder erzählten sich die Menschen auf der Wiese, wer was und wann genau gesehen hatte. Es war fantastisch!

Die Versicherung zahlte ohne mit der Wimper zu zucken die vergleichsweise geringen Schäden. Das neue Dach allerdings musste selbst finanziert werden. Hätte schließlich schlimmer kommen können.

Es kam schlimmer.

Nur wenig später fiel eine ganze Kleinstadt einem singulären Wetterereignis in Form eines Tornados zum Opfer. Auch hier verletzte sich nicht ein einziger Mensch!

Aber als ein erneuter Sturm über die Küste fegte, brachen die Windkraftanlagen wie Strohhalme. Fünf Turbinen lagen auf Godes Grundstück, dort an der Küste.

Der Strom fiel aus. Maik erzählte später, dass der Dominoeffekt Trafo um Trafo zur Abschaltung brachte.

Die Einwohner der Kreisstadt saßen wie zu tiefsten Ostzeiten etwa wie im Winter 1978/79, wieder im Dunklen.

Nur, diesmal konnte Gode nicht einfach Kerzen anzünden und den Kachelofen anheizen.

Gut, es war noch nicht Winter, aber an den Abenden kühlte die Luft empfindlich herunter, denn der Himmel klarte auf.

Aus der Warmwasserleitung kam nur noch kaltes Wasser.

Die Tankstelle an der nahen Fernverkehrsstraße musste schließen, der Vollversorger auf der anderen Dorfseite ebenso.

Der Stromversorgung brach zusammen!

In diesem Moment war Gode pleite. Völlig ahnungslos öffnete er sich sein Feierabendbier, ließ es in großen Schlucken durch die Kehle rauschen und seufzte.

## Essen und Trinken

Maik schnappte sich einen Einkaufswagen. Spät dran war er, musste sich sputen!

Er hasste es einzukaufen. So auch heute. Am liebsten schob er es als lästige Aktion tagelang auf...

Franka hatte ihn gebeten, für Gode und für sich Milch und Brot mitzubringen. Bitte gleich das haltbare Zeug, denn wer wollte heutzutage schon unnötig im Laden herum gehen?

Maik staunte nicht schlecht, denn die Leute vor ihm machten genau dies. Die Kinder, ein Kleinkind im Wagen, ein größeres lief an des Vaters Hand, trippelten mit nach links und rechts zuckenden Köpfen, nicht anders als ihre Eltern.

An den Spielwarenregalen fanden sie ihre Fixpunkte und die Blickrichtungen rasteten ein. Da wollten sie hin!

Maik rangierte seinen Wagen an den Spaziergängern vorbei, wobei er hörbar schnaufte. Ihn regte das Verhalten dieser Familie auf. Mussten sie die Kinder mit in den Laden schleppen, so kurz vor der Schließung?

Jedenfalls hatte er jetzt freie Bahn, bis hinter zur Brotabteilung. Die Räder des Wagens klapperten auf dem Terrazzo.

Welche Brotsorten bevorzugte die Mutter? Egal, er warf einige abgepackte Pakete geschnittenen Brotes in den Korb.

An den Fleischtresen wurde er stutzig. Diese Berge an Fleisch sollten heute noch über die Kassenbänder rollen?

Das schien ihm unmöglich. Eine Frau mit dem Firmenlogo des Ladens auf der Schürze warf Packung für Packung in eine Art Schütte auf Rädern. Er stellte sich neben sie.

„Kann ich bitte noch paar Kottelets haben?"

Sie schaute kurz auf, in Gedanken schon daheim. Sie nickte. Nur zu!

Maik griff sich eine Viererpackung.

„Kommen die wieder in die Kühlung?"

Die Frau zog die Augenbrauen hoch.

„Nee, bis Montag ist das Zeug vergammelt. Die kommen in'n Container, hinten an der Warenannahme. Noch nie gerochen?"

Maik fiel es wie Schuppen von den Augen. Klar, das Fleisch würde verbrannt werden und er wusste auch schon wo.

Oft genug fuhr er an dem modernen Kasten etwa fünfzig Kilometer weiter südlich vorüber. Müllverbrennung, EFW, noch nie gesehen, nie gehört? Energy From Waste, Zauberei einer industriellen Anlage!

Das ist sinnvoll, das ist sauber, das ist die Zukunft, sagte er immer halb sarkastisch zu seinen jeweiligen Reisebegleitungen.

Wo soll der Strom denn herkommen, wenn wir keine Atome spalten, keine Kohle verbrennen und uns auch die Erdgasvorkommen der Russen in die Abhängigkeit treiben?

Er musste lächeln. Na klar, wir verbrennen unseren eigenen Mist. Ist doch super, oder?

Und die Getränke, die überzählig sind, was machen wir mit denen? Ach was, das Zeug vergammelt nicht. Da ist so viel Zucker dran, da hält sich die Brause.

Und wenn sie abgelaufen sind?

Die abgelaufenen Getränke kommen in den Abfluss, ist doch wohl logisch. Das bisschen Zucker schaffen unsere Kläranlagen schon. Aber meint ihr etwa, da steht jemand und schraubt die Flaschen alle auf?

Ach was, dafür ist keine Zeit. Das kommt alles komplett in einen schönen großen Schredder, der macht das schon.

Die Verpackungen wiederum, die vielen schönen Kunststoffteilchen, die bleiben übrig und die brennen.

Inzwischen ist er bei der Milch angekommen. Er nimmt gleich zwei Dutzend der Tetrapacks mit. Die Milchverpackungen, die brennen auch.

Die Deutschen sind Weltmeister in der Prokopf-produktion von Verpackungsmüll.

Sind denn alle Dreckschweine? Du, du, du! Nicht den armen Schweinchen Unrecht tun. Bedau-ernswerte Kreaturen, die zu Industrierohstoffen gemacht wurden, von denen, die sie so gern auf-essen.

Was ist heute nur los mit Maik? So viele finstere Gedanken? Ist doch sonst nicht seine Art. Regt ihn ein Einkauf neuerdings an oder besser auf?

Er gab sich einen Ruck. Jedenfalls müssen die Alten in der nächsten Woche nicht gleich wieder einkaufen.

Die Frau schiebt den Wagen mit den Fleischab-fällen neben der Hydraulik des Abfallcontainers auf eine Rampe.

Sie zieht die Abdeckung der Pressvorrichtung zur Seite. Die Fleischpakete fallen klatschend in die Presse. Dann holt sie einen Schlüsselbund aus der Schürzentasche und schließt den Schaltkasten auf. Der Stahlstempel schiebt mit einem satten Brummen die Pakete in den Container. Ein wenig Fleischsaft bleibt zurück. Die Frau nimmt einen Schlauch, öffnet einen Schwenkhahn und spritzt den Saft in den Abfluss.

Maik verlässt den Laden, immer noch nachdenklich. Die Hälfte aller Lebensmittel in Deutschland wird weggeschmissen?

Er mochte es nie glauben und jetzt weiß er es: Die Lebensmittel werden nicht weggeschmissen, sie werden verbrannt!

Das musste er den Eltern erzählen. Schließlich hatte sich Gode inzwischen zum begeisterten Windmüller entwickelt.

Wes Brot ich ess, des Lied ich sing? Gode sang das Windlied, es rauschte und pfiff in den Turbinen, bis der Wind zum Sturm wurde.

In dieser Nacht schliefen in den östlichen Grenzwäldern tausende Menschen unter freiem Himmel.

Sie warteten auf eine günstige Gelegenheit, nach Deutschland einzureisen. Inzwischen hatte sich der Sommer ans Mittelmeer verkrümelt und die Kälte machte den künftigen Neubürgern Deutschlands arg zu schaffen.

Abend für Abend sah Eva in den Nachrichten Bilder, die ihr nahegingen. Es war wieder, wie vor ihrem Umzug. Nur lagen diesmal keine Kadaver gerissener Schafe vor den Objektiven der Kameras, sondern erfrorene Menschen.

Das darf doch so nicht weitergehen!

„Sag mal, existiert der Hilfering noch?"

Björn legte die Naturzeitschrift zur Seite, die sie abonniert hatten.

„Keine Ahnung. Den hatte Kamal gegründet. Ich hatte nur Unterricht gegeben. Deutschunterricht für die Ukrainer, weißt du noch?"

Eva erinnerte sich natürlich noch an die schicke Deutschlehrerin, hieß sie nicht zu allem Überfluss Natascha? Natascha hier, Natascha da, sogar Pelmeni hatte die Frau gekocht, damals am Ryckbogen. Und geschmeckt hatten die! Das musste Eva zugeben. Aber was für ein Gefummel.

In den Hilfering, zahlten sie da nicht sogar noch regelmäßig monatlich ein?

Als sie im Bett lagen, legte sie die Hand unter den Kopf und schaute zur Decke. Björn schaltete die Nachttischlampe aus.

„Könnten wir nicht die Leute vom Hilfering ansprechen? Vielleicht können wir einige der Menschen herholen? Du weißt doch, dass Abraham sich traute, Gott zu fragen, ob der die Guten genauso wie die Schlechten vernichten wollte?"

Björn drehte sich im Dunkeln und starrte auf den Schattenriss des Gesichtes seiner Frau.

„Wie kommst du denn darauf?"

Manchmal kamen ihm die Gedankengänge Evas reichlich anders vor als die eigenen. Eva antwortete mit einer Gegenfrage.

„Sind Gute dabei, dort an der Grenze zu Weißrussland?"

Genau das schien ihm das Problem zu sein. Woher sollten sie denn wissen, ob sie nicht Typen herholen würden, die sie lieber früher als später wieder loswerden wollten?

Nur wenige Tage später schraubte Stoffel die ausgebauten Sitze des Unitransporters wieder fest.

Er würde gemeinsam mit Björn fünf Menschen an der Grenze zu Weißrussland abholen. Die Polen hatten nach anfänglichem Widerstand ihre

Haltung im speziellen Falle revidiert und der Überführung fünf Geflüchteter in die Bundesrepublik stand nichts mehr im Wege.

Als der Sturm die Turbinen umwarf, fiel der Strom also aus. Hunderte Menschen standen in den Schlangen der Warenhäuser. Sie hatten ihre Einkaufswagen vollgepackt, denn Feiertage standen vor der Tür.

In den Einkaufszentren wurde es dunkel. Nur die Notbeleuchtungen sorgten dafür, dass eine Orientierung möglich blieb. Die Menschen, sowieso nervös, drehten durch. Die Plünderungen begannen.

Nach einigen Tagen zügelloser Selbstbedienung, in den Großstädten wurden die Schaufenster eingeworfen und brennende Autos lieferten den vermummten Gestalten gespenstische Beleuchtung, rief die Regierung den Ausnahmezustand aus.

Die Tumulte an den Geldautomaten hielten sich im Rahmen. An den Geldausgaben ging es relativ gesittet zu.

Wer wollte, konnte sich sein Geld abheben. Es war sowieso vorbei mit der sicheren Verbindlichkeit des Austausches Geld gegen Ware oder Dienstleistung.

Die Banken jedoch, sie kämpften erbittert, den Status quo aufrecht zu erhalten.

Sie durchforsteten ihre Zahlungsvorgänge, um Kredite, die nicht pünktlich bedient wurden, gnadenlos fällig zu stellen.

Gode hatte Zahlungsprobleme. Seine Einnahmequelle, die Windräder, war ausgefallen. Die Versicherung prüfte und prüfte, denn die Stürme hatten die veranschlagten Schadenssummen als mickrige Peanuts dastehen lassen. Sie zahlte nicht.

Die Bank stellte seinen Kredit fällig. Die Frage nach Sicherheiten wurde laut.

Franka hielt ein Schreiben mit zitternder Hand.

„Die wollen unser Haus!"

Ja, das wollten sie. Und sie bekamen es.

## Obdach - los

Sie waren nicht die Einzigen. 2018 erfolgte die Erfassung von etwa 237.000 deutschen Wohnungslosen*. Zusätzlich wohnten 441.000 Flüchtlinge in Unterkünften, die nicht der Definition einer Wohnung entsprachen.

Eine Welle von Umzügen spülte in den Folgejahren all die Menschen aus ihren Häusern, die allzu blauäugig den Wachstumsprognosen vertraut hatten. Die Party war vorüber, der Katzenjammer blieb.

Für Gode stellten die Massenerscheinungen relativer Verelendung kein Problem dar. Er ignorierte sie ebenso wie die diversen Räumungsklageschriften, Aufforderungen und Strafbefehle.

*Interessant in diesem Zusammenhang ist, dass erst ab 1.1.2022 regelmäßig zum Stichtag 31.Januar eines jeden Jahres die Anzahl Wohnungsloser in Deutschland offiziell erhoben werden soll. (Quelle: https://de.statista.com/themen/120/armut-in-Deutschland/#dossierKeyfigures

Das wäre es ja noch, wenn sich ein Gode Wind von solchen Geldsäcken ins Bockshorn jagen ließe!

„Nicht mit mir!"

Sein Kampfgebrüll erschallte regelmäßig, wenn der Postbote die forcierenden Schreiben zum Eigentumsübergang – meist gegen Empfangsbestätigung – zugestellt hatte.

Den Briefträger packte anfangs das Mitleid, wenn er die erkennbar amtlichen Schreiben samt ihrer Zustellurkunden vor dem Erreichen der Siedlung auf den Beifahrersitz legte.

Später wurde schiere Angst daraus, denn es konnte vorkommen, dass Gode mit blutunterlaufenen Augen und einer schönen scharfen Axt in der Hand an das Postauto trat.

Franka bekam die Angelegenheit noch viel schlechter. Den Vertrauensbruch Godes, was die Eintragung ins Grundbuch anging, konnte sie nicht verwinden.

Das sollten die Reste ihrer so vertrauensvoll begonnenen Ehe sein? Auf ihre Kosten waren sie durch all die Jahre der Knappheit und der mageren Einkommen gekommen, bloß um am Ende vor dem Scherbenhaufen ihres lebenslang erarbeiteten kleinen Vermögens zu stehen?

Sie mochte dem wütenden Mann nicht mehr beistehen. Schon wenn sie sah, wie Gode mit wehenden Briefbögen in Richtung des Wohnhauses stapfte, packte sie ihr Strickzeug und zog sich in die Bodenkammer zurück.

Dieser unhaltbare Zustand zog sich über zwei Jahre hin. Sie können sich vorstellen, wie es danach um die Beschaffenheit der Liebe der beiden aussah. Glühte unter der Asche noch die Glut? Sie fühlte sich jedenfalls verdammt kalt an.

Die Zwangsräumung wurde an einem Freitag vollzogen. Fast hätten die Betroffenen geglaubt, dass es ewig so weitergehen würde mit der erfolgreichen Verweigerung.

Dann rückte ein Umzugsunternehmen an, ein Einsatzwagen der Polizei fuhr vor. Der Vollstreckungsbeamte erläuterte den beiden Alten das weitere Verfahren.

Sie könnten zunächst in das Wohnheim am Hafen einziehen, die Möbel würden vorübergehend eingelagert.

Das war's.

Franka und Gode saßen mit hängenden Schultern am Küchentisch. Die Möbelpacker räumten ohne mit den Wimpern zu zucken ein Zimmer nach dem anderen.

Ein freundlicher Typ versuchte noch, von der Hausfrau Anweisungen zu bekommen, welcher Raum zuerst geräumt werden sollte und welcher später.

Sie blickte ihn nur mit leeren Augen an und sagte kein Wort. Der freundliche Möbelpacker zuckte mit der Schulter. Schließlich räumten sie weiter einfach alles raus, wie es kam.

Gode schaute aus dem Fenster, als ob ihn das alles nichts anginge. Erst als er sah, wie einer der Kastenwagen rückwärts vor seine geliebte Werkstatt fuhr, huschte Betroffenheit über sein Gesicht.

Aber er beherrschte sich noch. Doch als aus dem Gatter aufgeregtes Hühnergackern klang, rollten ihm Tränen über die Wangen.

„Die Gertrud."

Er erhob sich. Niemand achtete auf ihn. Langsam öffnete er die Tür, schwere Schritte führten ihn auf den Hof.

Ein Bussard kreiste, angelockt vom Hühnergeschrei. Ein Packer hielt einen Sack auf, der andere stopfte ein Huhn nach dem anderen hinein.

Gode öffnete das Gattertor. Sah eigentlich ganz vernünftig aus, der Mann.

Vor dem Möbelträger, der gebückt den Sack hielt, blieb er stehen, weiterhin eine Art wohlwollenden Interesses im Blick. Dann trat er zu.

Wenig später fuhr ein Krankenwagen vor. Die Gaffer hinter beiseite gezogenen Gardinen und frisch geputzten Fenstern kamen endlich auf ihre Kosten. Gode wurde abtransportiert.

Franka sah dem Rettungswagen hinterher. Sie könnte Gode später in der Psychiatrie besuchen, sagte ihr der Notarzt.

Die Ausstattung des ihr zugewiesenen Raumes erwies sich als sehr zweckdienlich. Das Zimmer empfing sie hell und freundlich, aber es konnte ihr Herz nicht erreichen. War schließlich nicht ihr Zimmer.

Franka setzte sich auf einen der vier Stühle am Tisch und sah aus dem Fenster, welches in Richtung des nahegelegenen Rycks zur Straße hinausging.

Immer dieser Fluss, dachte sie.

Dann legte sie die Hände auf die Resopalplatte des Tisches.

## Die Kinder

Ich kann niemandem empfehlen hierher auszu-
wandern, der nicht viel Geld hat.*

*Nicole Fuchs –Stern, Interview vom 1.10.2020 mit Tina Pokern

Das eben ist der Fluch der bösen Tat, dass sie,
fortzeugend, immer Böses muss gebären.....**

**Friedrich Schiller - Drama ‚Wallenstein'

## Maik

An sich finde ich die Idee, den Reichen eine Art Refugium zu bauen, nicht schlecht. Ein altes Sprichwort besagt, dass sich gleich und gleich gern gesellt.

Warum sollen sich die Leute mit Geld nicht auf eine Insel zurückziehen und von dort aus, wenn sie es wollen, den weniger Betuchten zuschauen, die sich für sie abstrampeln? Wäre doch irgendwie logisch, oder etwa nicht?

Ich für meinen Teil würde eher nicht hinschauen, denn wenn man ein einigermaßen mitfühlender Mensch ist, kann man das Elend da draußen doch kaum ertragen.

Also ehrlich. Mir geht es jedenfalls so, wenn ich die Nachrichten anschalte und sehe, wie im Sudan die Kinder verhungern. Dann ist mir *meine* Insel hier ganz recht.

Was uns zu unseren Reichen zurückbringt, die hier versuchen, in der geschlossenen Welt von ‚ComeOn‘ den Kopf in den Sand zu stecken. Bildlich gesehen, versteht sich.

Meine Schwester ist ja dabei, und ihr Macker, der Björn, macht alles genauso, wie sie es will.

Die haben den Kopf ganz tief im Sand, wenn Sie mich fragen. Wie konnten sie nur so doof sein und sich auf dieses saudumme Projekt einlassen?

Wenn es wenigstens um eine echte Insel in der echten Südsee gegangen wäre, dann hätte ich die Auswanderung ja noch verstanden. So aber, so halbherzig? Ich weiß nicht.

Verstehen kann ich die beiden schon. Ist bestimmt nicht leicht heutzutage, mit all der Verantwortung für die Mädchen.

Wo an jeder Ecke ein Perverser hockt und seine geilen Pfoten leckt. Ich wäre in der Situation ebenfalls auf die Suche nach einer sicheren Lebensumgebung für die Engelchen gegangen. Das können Sie mir glauben.

Nadja ist so kess, auf die müssen sie besonders aufpassen. Heißt aber nicht, dass sie sich um Mila weniger Sorgen machen müssten. Die merkt ja noch nicht einmal, wo sie hin latscht, wenn sie ihre Kopfhörer aufhat. Bloß mal so zum Beispiel.

Neulich habe ich sie auf der Straße vor dem Gymnasium gesehen und gehupt. Gewinkt habe ich, wie ein Blöder! Wäre beinahe dem vor mir draufgefahren, weil die Ampel wieder rot wurde.

Genutzt hat es nichts. Sie hat mich nicht bemerkt, die Kleine.

Obwohl, klein kann man nun nicht mehr sagen. Ist schon alles dran an den beiden Mädchen. Sie kommen ganz nach meiner Schwester, nach Eva, meine ich.

Eva ist zwar leicht und zierlich, aber gleichzeitigt sehr wohlproportioniert. Das klingt wie ein Widerspruch, ist es aber nicht.

Ist auch besser so, dass sie nach Eva kommen. Björn ist zwar zugegebener Maßen ein schöner Mann, aber als Mädchen kann ich mir den nicht vorstellen. Da ist es so schon sehr viel besser.

Richtige Schönheiten sind sie geworden.

Und die Alten? Meine Mutter, die Franka, die sitzt den ganzen Tag wie ein Zombie am Tisch des Wohnheimes, dort draußen, in der Vorstadt.

Der Vater ist ihr in dieser Situation keine Hilfe. Der müsste sich zusammenreißen!

Das müsste er.

Und was tut er?

Ich glaube, er säuft! Jedenfalls roch ich neulich, als ich draußen im Wohnheim die Wartung machte, eine ziemliche Fahne.

Das ist aber auch nichts dort für sie. Jede Menge gescheiterte Existenzen. Und sie mittendrin! Da muss man ja rammdösig werden.

Ich verstehe ebenfalls nicht, warum die Heimleitung zulässt, dass ihre Gäste, wie sie sie überall nur nennen, ... also, dass die saufen dürfen. Das geht mir nicht in den Kopf.

Vor einigen Jahren hatte ich eine Freundin unten am Hafen, die Judith. Oh, die war rattenscharf, das sage ich Ihnen!

Jedenfalls habe ich meinen Kastenwagen mit dem ganzen Werkzeug immer unten auf den Parkplatz gestellt, der so gut beleuchtet ist.

Von da aus kann man den Steig am Fluss langgehen und kommt direkt von hinten an den Hafen. Wissen Sie, wer mir da immer entgegenkam, in jeder Hand einen vollen Beutel?

Der diensthabende Biereinkäufer vom Wohnheim. In den paar Wochen, die das mit Judith ging, traf ich immer die gleichen Gestalten.

Die Beulen in den Beuteln ließen keinen Zweifel daran, was die verlotterten Gestalten da schleppten. Es war Bier, und das kauften sie in der Genossenschaft der Fischer.

Mit dem Fischen ist es ja bald vorbei. Die Quoten, Sie wissen? Mal sehen, was die dann machen. Obwohl, die verkaufen neben den selbst gefangenen Fischen schon lange Zuchttiere. Schwarzen Heilbutt, Lachse und so.

Geräucherter Fisch wird immer gegessen. Das Zeug ist fett, danach braucht man einen Schnaps. Außerdem muss Fisch schwimmen, also wird noch ein Bierchen nachgeschüttet. Oder ein Weißwein?

Egal, gegessen und getrunken wird eben immer. Also geht der Stoff wohl nicht aus, dort unten am Ryck.

Wo wollte ich eigentlich hin?

Ach so, der Alte! Wenn der da bleibt, bekommt er noch Zirrhose. Dann ist die Mutter ganz allein. Ob sie das aushält?

Die Eskapaden mit Gode hat sie ganz gut weggesteckt. Einfach so das Haus als Sicherheit…

Andererseits, wer weiß, was ich an seiner Stelle gemacht hätte. Als Mathematiker hätte ihn eh keiner mehr haben wollen. Die rechnen doch heute nur noch mit Wahrscheinlichkeiten. Vaters Zahlenkugel wäre ihnen sicherlich schnuppe.

Mir hat er früher immer von einer unendlichen Welt von Zahlen erzählt, die sich in einer Kugel abbilden lässt: Die Null, der Südpol und die Unendlichkeit, der Nordpol. Alle anderen Werte müssen Sie sich als Projektion der komplexen Zahlenebene auf die Kugeloberfläche vorstellen.

Seltsamerweise ist mir die ganze Geschichte beim Studium wiederbegegnet. Die komplexen Zahlen werden für die Beschreibung des Wechselstromes benutzt.

Es mag verwunderlich klingen, aber Godes Kugeln haben mir geholfen, den ganzen theoretischen Komplex etwas lockerer zu sehen.

Ich war nicht der Beste an der Uni, aber es hat gereicht. Und heute? Heute arbeite ich bei der Stromversorgung. Ich muss mich um die Versorgung der Stadt mit Strom kümmern!

Aber noch verrückter ist, dass meine Firma den Zuschlag für die Errichtung einer Insellösung für die ComeOn - Wohngemeinschaften AG bekommen hat. Außerdem soll auf dem Gelände von ComeOn ein Tiefbrunnen gebohrt werden.

Wissen Sie, was das bedeutet?

Wenn die Arbeiten abgeschlossen sind, kann ComeOn die Tore schließen, wie bei einer mittelalterlichen Burg.

Dann haben sie Wasser da drin und Strom, und was draußen los ist, kann ihnen ganz egal sein. Nur mit dem Abwasser hätten sie bei Rückstau

ein Problem. Aber wer denkt denn schon an so-
was?
Mir gefällt die ganze Entwicklung nicht, aber was
soll man machen?

## Verkapselung

Pteria Penguin, die Schwarze Flügelmuschel, produziert die begehrten schwarzen Perlen. Die sagenhaften Ohrringe der Königin Kleopatra haben die Künstler der damaligen Zeit wohl aus solchen Perlen gemacht.

Es ist hinreichend bekannt, wie die Perlenproduktion in den Tieren provoziert wird: Ein Stück der äußeren Hülle eines Spendertieres wird in eine lebendige Muschel eingesetzt und diese beginnt mit der Verkapselung des störenden Fremdobjektes.

Nach einigen Jahren ist dann so viel Perlmutt am Fremdkörper abgelagert, dass der Organismus des Wirttieres um die Perle herum arbeiten kann, als wäre er unverletzt.

Irgendwann erfolgt die Entnahme der Verkapselung, der Perle, die im Falle der Pteria Penguin eben schwarz ist.

Um die Muschel ist es bei der Ernte der Perle geschehen. Im besten Fall wird ihr Fleisch wenigstens noch aufgegessen.

In den Produktionsstätten des Ostens werden die Muschelkörper getrocknet und gemeinsam mit einem Teil der Muschelschalen zu Hühnerfutter zermahlen.

In den heißen Regionen des Südens gibt dem Abfall die Sonne den Rest.

Er stinkt eine Weile vor sich hin, dann schaufeln die Arbeiter ihn in Karren und verkippen ihn an nächstbester Stelle.

Die noch verwertbaren organischen Stoffe picken sich Möwen heraus. Nach einigen Monaten bleibt ein kalkhaltiger Kompost zurück.

Weil die Abfälle - oftmals mit Plastiktüten versetzt - entsorgt werden, will diesen an sich sehr wertvollen Dünger kein Mensch mehr haben.

Vielleicht kümmert sich eine spätere Generation um die Hinterlassenschaft der Perlenproduzenten dort im Süden?

Wenn in einen aus Sicherheitsgründen ummauerten Stadtteil ein Fremdkörper appliziert wird, bildet dieser selbstverständlich keine Perle.

Stört dieser Fremdkörper allerdings den normalen Wohnbetrieb, wird ähnlich den Schutzmechanismen der Schwarzen Flügelmuschel, ein Verkapselungsprozess eingeleitet.

Unsichtbar werden Vorkehrungen getroffen, die Störung zu isolieren.

Eine solche Störung stellte das neue Blockheizkraftwerk dar.

Maik Wind, verantwortlicher Ingenieur des Projektes ‚Inselbetrieb C', konnte die kleinen Verwerfungen im Betrieb von ComeOn frühzeitig feststellen.

Er lenkte sie in bestimmte Bahnen und sorgte dafür, dass die Bewohner der Enklave nicht sauer wurden. Schließlich hatten sie ja wohl genug gezahlt, oder besser, schließlich zahlten sie genug, um in Ruhe ihren Sonderstatus genießen zu dürfen.

Verhindern konnte Maik die Störungen allerdings nicht.

Als erstes war das Gebüsch, das Refugium der Kinder, dran, denn genau dort auf dem noch ungenutzten Grundstück würde das energetische Herz der Siedlung zu schlagen beginnen.

Die Bauarbeiten begannen mit dem Transport von Baumaterialien. Während der Baufreimachung kreischten die Kettensägen.

„Junger Mann, können Sie bitte Ihre Männer zurückpfeifen? Meine Frau, … sie hat Migräne" fragte ein entnervter Professor Lehmann an.

Auf die Gegenfrage Maiks, welche Zeitfenster für ihn denn akzeptabel wären, zuckte Lehmann aber nur mit der Schulter.

Da stand der große Mann, Hochschullehrer, gefragte Koryphäe, ein wenig ratlos.

Welchen Erfolg sollte er seiner Gattin bloß melden, die im Haus erwartungsvoll seiner Rückkehr harrte.

Maik sah den Zwiespalt. Er legte dem Professor die Hand auf die Schulter. „Bis zum Wochenende sind wir fertig."

Wenigstens diesen Trost konnte der leitende Ingenieur spenden. Bis dahin blieben noch vier ganze Tage voller Lärm und Gemecker!

Mit hängenden Schultern absolvierte Professor Lehmann seinen Gang nach Canossa. Die Tür des Hauses schloss sich leise. Die Kettensägen lärmten unverdrossen fort.

Das Umlagern der Erdmassen schien zunächst unproblematischer. Bis dann Radlader gewaltige Kipper mit dem Aushub befüllten.

Die ganze Straße entwickelte sich zum Schlammsee. Die reinste Mure! Nun trat Frau Professor selbst auf den Plan.

Die LKW Fahrer standen neben ihren Böcken und erhielten eben Anweisungen von Maik, als sich die Tür des professoralen Anwesens öffnete. Maik rollte mit den Augen, als er sah, wer da auf ihn zu walzte.

„Junger Mann! So geht das aber nicht!"

Migräne vorüber, oder was? Ja, sollten sie den Dreck in Eimerchen davontragen und jedes Mal die Schuhe wechseln, wenn sie die Straße betraten, den heiligen Abtreter der Spießerwelt?

Auch Frau Professor konnte ihm keine Auskunft geben, wie sie sich den Transport ohne Schmutz auf den Straßen vorstelle.

Die Dame kam schnell auf den Punkt:

„Aber saubermachen können Sie! Das würde ich jedenfalls, wenn ich bei Ihnen im Wohnzimmer Dreck machen würde. Und ich würde mich schämen!"

Sie nickte kurz. Da hast du!

Maik musste sich eingestehen, dass er den Punkt Straßenreinigung wohl zu niedrig veranschlagt hatte. Bei einem Spielraum von zehn Prozent Kostenabweichungen erschien ihm das nicht weiter tragisch. So teuer würde es schon nicht werden.

Vom nächsten Tag an gaben die Schiebetore ComeOns an jedem Abend einem weiteren Dienstleister die Zufahrt frei. Ein Wagen der

Straßenreinigung spritzte und bürstete den Asphalt, bis er wieder schwarz im künstlichen Licht der Laternen glänzte.

Eva steckte sich Ohrringe an, die ihren weißen Teint betonten. Heute sollte es im Gemeinschaftshaus einen Tanzabend geben.

„Wir müssen da hin!" so lautete die Einladung ihres Mannes. Was sollte sie nun davon halten? Widerwillig zog sie sich um. Wenigstens die neuen Ohrringe von Björn, die schwarzen Perlen, passten.

Eva drehte den Kopf vor dem Spiegel. Sie zog die Augenbrauen hoch. Sah sie etwa Falten, dort in den Augenwinkeln? Donnerwetter, die hatte sie noch nie bemerkt.

Sie zog die Haut mit den Fingerspitzen ein wenig nach unten. Nun sah sie aus wie eine Asiatin. Die Falten verschwanden. Als sie losließ, kehrten sie wieder an Ort und Stelle zurück.

Wenigstens sind es Lachfältchen, sagte sie sich, und lächelte. Die Falten vertieften sich. Sie sah in ein wirklich schönes Gesicht, trotz der Falten! Basta!

Björn öffnete die Badezimmertür und schusselte hinter ihr herum. Schließlich legte er ihr die Hände auf die Schultern und schaute ebenfalls in den Spiegel. Klar, bei dem Kerl machten ein paar Falten nichts. Im Gegenteil, sie machten ihn interessanter!

„Bin ich alt geworden?" Ein wenig verzagt kam ihr die Frage doch über die Lippen.

Björn zog die Augenbrauen zusammen. Seine Eva, alt?

„Quatsch! Siehst aus, wie immer!"

Auch ein Trost. Sie grienten sich an.

Dann drehte er sie mit leichtem Druck und gab ihr einen langen und festen Kuss.

Sie umarmte ihren Mann, hielt ihn ganz fest umfangen. Eva freute sich plötzlich auf den Tanzabend. Sie atmete seinen vertrauten Geruch tief ein. Alles war gut.

Ein Jahr später erfolgte die Inbetriebnahme des Blockheizkraftwerkes, wiederum ein Jahr später gab der Tiefbrunnen erstes Wasser.

Maik verlor über der vielen Arbeit die Eltern ganz und gar aus den Augen.

Eva bekam sowieso nichts mit in ihrer Community, ihrem blöden ComeOn, welches sich mehr und mehr als elende Beschränkung ihres Horizontes erwies. Fand Maik jedenfalls!

Als Maik sich aufmachte, die Eltern im Wohnheim zu besuchen, stand er vor einem verblüfften Torwächter. „Die Winds? Die sind schon lange nicht mehr hier."

Er musste nicht allzu lange suchen. Franka und Gode wohnten nun in einer Laube im Rosental. Maik musste sich zusammenreißen, seinen Vater nicht zu schelten wie einen kleinen Jungen. Die Zustände dort, sie waren unhaltbar!

Maik dachte an die leer stehende Schaltzentrale des Blockheizkraftwerkes in ComeOn. Dort gab es eine Küche, ein kleines Bad mit Dusche und einen Aufenthaltsraum.

Alles schön warm und trocken, kein Vergleich mit diesem elenden Verschlag hier! Und benutzt wurde die Schaltwarte nicht, denn die Steuerung des Kraftwerkes erfolgte via Fernsteuerung. So wie jetzt durfte es nicht bleiben.

„Heute Nacht zieht ihr um. Und keine Widerrede!"

Er erzählte den Eltern von der wunderbaren kleinen Wohngelegenheit im Kraftwerk, dort in ComeOn.

Franka fror, es war scheußlich kalt in der Laube. Gode nickte. Er war einverstanden.

Einige Stunden später passierte ein geschlossener Kastenwagen des Energieversorgers das Tor der Community.

Maik grüßte freundlich aus dem Fenster. Knüppel hatte Dienst, der war sowieso zu faul, seinen Hintern zu einer ernsthaften Kontrolle zu heben. Wozu auch, dann müsste er ja ständig springen, bei der Besuchsfrequenz, die Maik an den Tag legte. Oder in die Nacht.

Maik drückte den Knopf der Fernbedienung. Langsam öffnete sich das Schiebetor des Kraftwerkes. Die Zufahrt zum Hochsicherheitsbereich innerhalb der Sicherheitszone lag offen vor ihm.

Die Befindlichkeiten in der kleinen Wohnung im Kraftwerk sind schnell erklärt.

„Ich sage nachher noch Mila Bescheid. Die soll euch morgen Frühstück bringen."

Irgendwie ist ihm Mila für die Aufgabe, den beiden Alten regelmäßig etwas zu Essen zu bringen lieber, als die in seinen Augen etwas sprunghafte Nadja.

Als er am Tor seiner Schwester klingelt, öffnet eine seiner Nichten. Im Gegenlicht kann er nicht erkennen: ist das Mila oder ist das Nadja?

Sie sind jetzt richtige Frauen geworden. Maik staunt, in welch schnellen Schüben die Entwicklung der Zwillinge fortschreitet. Als gäbe es einen Zusammenhang zwischen der körperlichen Ausprägung und den charakterlichen Gegebenheiten, ist Nadja ein wenig drahtiger als Mila, die ein winziges Bisschen zur Fülle neigt. Aber, wie gesagt, im Gegenlicht ist nichts zu machen.

„Nadja?" fragt er also ins Blaue hinein.

Mila schüttelt das lange blonde Haar. Neulich ist ein Radfahrer wegen ihr gegen einen Laternenpfahl gefahren. Konnte einfach den Blick nicht losreißen von der schönen jungen Frau, dort auf dem Gehweg.

„Nee, Onkel Maik, Mila!"

Sie lacht. „Was willst du denn so spät noch? Ist dein Kraftwerk kaputt?"

Er greift nach Milas Hand, und hält den Zeigefinger vor den Mund. Dann erzählt er ihr von den beiden Alten, dort in der Einliegerwohnung. Er nestelt einen Transponder vom Schlüsselbund.

„Hier, wenn du den drückst, ist das Tor unscharf. Dann kannst du die Seitenpforte benutzen.

Neben der Eingangstür ist eine Klingel. Wenn du schellst, macht deine Oma oder dein Opa auf. Bringst du ihnen was? Brötchen, oder so?"

Nadja toastet sowieso jeden Morgen für die ganze Familie. Da kommt es auf vier Scheiben mehr oder weniger nicht an.

Der Versorgungsdienst beginnt am nächsten Morgen. Mila eilt mit einem Korb die Straße entlang.

Eberhard schaut erstaunt auf den Monitor. Was macht das Mädchen dann da so früh?

## Nadja

Manchmal frage ich mich, ob Mila denkt, dass ich ein wenig zurückgeblieben bin.

Meint sie vielleicht, ich merke nicht, dass sie sich aus dem Haus schleicht, um Oma und Opa wie Rotkäppchen den Wein und den Kuchen zu bringen?

Früher haben wir uns besser verstanden. Da waren wir ein Herz und eine Seele, wie man so schön sagt. Ich das Herz und sie die Seele? Könnte fast so sein.

Als Mila am Ryckbogen unter der Esche lag, dachte ich manchmal: ‚Das ist nicht deine Schwester! Nicht mehr!…'

Bestimmt ist etwas kaputtgegangen, als uns die Bache angriff. Ich sehe das Vieh noch vor mir und gleichzeitig sehe ich Mila durch die Luft fliegen. So kann es nicht gewesen sein – da geht mir etwas durcheinander. Dabei wollten wir doch nur die Frischlinge streicheln.

Ihre Phasen der Träumereien sind mir unheimlich. Mama sagt, sie wäre eine Schlafwandlerin. Als wir noch zusammen in einem Bett schliefen, konnte ich den Arm ausstrecken und Mila ertasten. Oft lauschte ich in das Dunkel.

Dann meinte ich, ihre Herztöne zu hören: Pabupa…bupa…bupa… .

Wenn wir die Straße entlangliefen, begannen wir manchmal zu hopsen. Genau im gleichen Moment! Und genau wie unsere Schritte stets im gleichen Takt den Asphalt berührten, genauso schlugen unsere Herzen ganz gleichzeitig, in diesen Nächten….

Bupa…bupa…bupa…

Wenn Mila jedoch träumte, entfernte sie sich von mir. Das Bett neben mir blieb leer. Die Töne, ich konnte sie nicht mehr hören…

Vielleicht liegt es ja daran, wie groß wir geworden sind? Wenn ich an mir hinunterschaue, sehe ich Füße, so weit entfernt! Das sollen meine Füße sein? Ich wackele probehalber mit den Zehen.

Naja, es sind meine.

Aber in der Früh, wenn Mila wieder bei mir ist, kann es gelingen. Dann presse ich sie ganz fest an mich und dann höre ich es deutlich:

Bupa…Bupa…Bupa…

Und mein Herz stimmt ein.

Am Tor steht jetzt öfter der Kerl da, der Eberhard. Er glotzt. Meistens steht er so auf den Stufen, dass er mir genau in den Ausschnitt sehen kann. Ich nehme dann den Fuß von der Pedale.

„Na, alles schön gesehen, Herr Mehl?"

Der Kerl ist ganz schön abgebrüht. Der lacht da nur.

„Ja, Nadja, schöne Äpfelchen liegen bei euch im Garten rum…"

Er schafft es, ich werde rot. So ein Blödmann!

Dann geht er wieder an seine Überwachungsmonitore.

Eigentlich sieht er nicht schlecht aus.

Mama würde sagen, der ist viel zu alt für dich.

Dabei ist der bestimmt jünger als sie.

Und neulich, beim Tanz, da meinte sie, dass ich glatt als ihre Schwester durchgehen könnte. So sind sie, die Alten. Immer wie es gebraucht wird.

Morgen ziehe ich die abgeschnittenen Jeans an.

Mal sehen, wie er da glotzt.


Am Abend wartete Nadja, bis sie hörte, wie sich Milas Zimmertür leise schloss. Sie musste auf Socken gehen. Nichts zu hören, obwohl Nadja die Ohren spitzte.

Da! Die Haustür knarrte ganz leise. Mila huschte aus dem Gartentor. Nadja presste die Tür ihres Zimmers mit gedrückter Klinke ins Schloss.

Wie eine Katze folgte sie ihrer Schwester. Die Eltern schliefen tief und fest.

Sie musste etwas aufholen, denn sonst wäre das automatische Tor geschlossen, bevor sie hindurch käme.

Schon sah sie die für ein Wohngebiet befremdlichen Konturen des kleinen Kraftwerkes vor sich, den hoch aufragenden glänzenden Schornstein und die geschwungenen Glasscheiben des Turbinenhauses.

Sie schaffte es gerade noch rechtzeitig, der Torpfosten streifte ihre Brust.

Im Schatten des Gebäudes lehnte sich Eberhard an die Wand. Er kratzte sich den Kopf. Beide Mädchen hier?

Aber nur eine, die erste, hatte ja den Korb mit den Lebensmitteln. Das musste Nadja sein, die war doch immer ein wenig schneller als Mila, die kleine Trantüte.

Eberhard lächelte. Nicht schlecht, so ein kleines Geheimnis zu kennen. Aber ob es klug wäre, gerade jetzt bei Nadja landen zu wollen, wo ihre Schwester ihr an den Hacken klebte?

Er rieb versonnen am Transponder herum. Schließlich ging er zum Rolltor, wobei er darauf achtete, im Schatten zu bleiben.

Er hielt den Chip an das Lesegerät, bis das Tor soweit zur Seite gefahren war, dass er das Kraftwerksgelände verlassen konnte. Leise schloss sich das Tor wieder.

Mila klopfte an die Tür der Einliegerwohnung.

„Oma… Opa? Ich bin's, Mila!"

Die Tür öffnete sich einen Spaltbreit. Frankas misstrauisches Gesicht veränderte auf einen Schlag den Ausdruck, als sie ihre Enkelin erkannte. „Mila, komm rein."

Sie öffnete die Tür jetzt ganz weit. Der Lichtschein fiel durch das Maschinenhaus, genau auf die Tür, durch die sich gerade ein Bein streckte.

Nadjas Bein, wie gleich zu sehen ist, als sich das Mädchen möglichst unauffällig durch den Spalt quetscht.

Mila presst sich die Hand vor den Mund. Was will Nadja denn hier?

Franka freut sich und sie winkt die zweite Enkelin heran.

„Kommt rein, ihr beiden!"

Nadja umarmt ihre Großmutter. „Hier wohnt ihr jetzt?"

Sie schaut sich um. Besonders wohnlich ist es nicht, hier im Kraftwerk. Aber es ist warm und trocken.

Mila stellt den Korb mit den Nahrungsmitteln auf die Arbeitsplatte der kleinen Küche. „Soll ich euch Abendessen machen?"

Gode hat nur kurz den Kopf gewendet. Leipzig spielt gegen Bayern, da kennt er keine Gnade. Die Wessis gewinnen. Immer diese Trennung noch, in West und Ost. Franka ist es leid.

Sie hilft den Mädchen beim Decken des Tisches.

„Ihr sitzt hier doch wie im Gefängnis, oder?"

Nadja streicht die Tischdecke glatt.

Sie könnte das nicht aushalten, so isoliert. Ihre Oma widerspricht. „Ach, weißt du, Maik kommt jeden Tag vorbei, manchmal zwei Mal. Klar, er muss arbeiten, nebenan im Kraftwerk. Aber fünf Minuten hat er immer für uns. Dann sitzen wir und reden über die guten alten Zeiten."

Franka streicht sich eine Haarsträhne hinter das Ohr. Ganz grau ist ihr Haar geworden.

Mila streckt die Hand aus und streichelt ihre Oma. Sie denkt an ihren Lieblingsplatz, dort am Ryckbogen, unter der Esche.

„Ja, Oma, schön … und so viel Platz hatten wir!"

Dann wendet sie sich direkt an Nadja.

„Musstest du mir nachspionieren? Wenn du nun entdeckt worden wärest?"

Nadja lacht hämisch. „Von wem denn, vom Knüppel? Der hockt doch vorn im Torhaus!"

Mila ist ein wenig eingeschnappt. „Die Security? Ja, scheiße, das wäre noch schöner. Nee, ich meine Mama und Papa. Wenn du zuhause im Bett liegst ist wenigstens noch eine da…"

Wo sie nun einmal hier ist - ihre Herzen schlagen wieder im gleichen Takt.

Später setzt sich Gode mit an den Tisch. Nadja holt ein Bier aus dem Kühlschrank und hält beim Einschenken das Glas ganz schräg, wie er es gern hat. Dann bleibt das ganze Prickeln im Bier, Schaum bildet sich so gut wie keiner.

Auf dem Heimweg fassen sich die beiden Mädchen bei den Händen. Sie gehen stumm nebeneinander die sanft geschwungene Straße entlang, bis Nadja ihre Schwester von der Seite anblickt.

„Bin froh, dass du hier bist. Und ich bin froh, dass Oma und Opa da im Kraftwerk untergekommen sind. Irgendwie fand ich es unheimlich, jeden Tag nur Mama und Papa und du und ich. So ist es besser."

Sie bleiben stehen und Mila umarmt Nadja und flüstert ihr ins Ohr.

„Ja, so ist es viel besser!"

Am nächsten Abend hat Nadja Vorspiel. Mila macht sich allein auf ihren Versorgungsgang.

Gleich hinter der Kraftwerkstür legt sich eine kräftige Hand auf ihre Schulter, heißer Atem streift ihren Hals. Mila bleibt fast das Herz stehen. Sie hört Eberhards Schnaufen, sie hört seine drängende Stimme.

„Nadja, ich bin es. Komm mit, … da hinter…"

Er bringt es fertig, das Mädchen in Richtung der dunklen Ecke mit dem Isoliermaterial zu drängen und ihr gleichzeitig die Brust zu betasten.

„Ich sag auch nichts, von Oma und Opa, hier…"

Braucht er auch nicht, denn Gode steht mit offenem Mund in der Tür seines Luxusappartements. Ein furchtbarer Schmerz breitet sich in seinem Arm aus, zwängt ihm den Brustkorb zusammen. Er geht zu Boden, wie ein Preisboxer mit Volltreffer auf die Kinnspitze.

Mila reißt sich los. Sie schreit und schreit.

Franka kommt aus der Tür gestürzt und sieht, wie ein Mann in schwarzer Uniform durch die Kraftwerkstür verschwindet.

Hatte es der Eberhard dort so eilig zu verschwinden? Hatte Gode die ganze Zeit recht gehabt, mit seinem Hass auf den Kerl?

Egal, jetzt musste sie sich um ihren Mann kümmern. Mila nimmt den Kopf des Großvaters in den Schoß. „Du musst ihn wiederbeleben! Los doch!"

Das Mädchen nickt, dann rückt sie ein Stück zurück, sucht die Stelle, zwei Fingerbreit über dem Ende des Brustbeines und beginnt rhythmisch zu pressen.

Gode reißt die Augen auf. „Wo ist das Schwein? Ich reiß ihm den Schwanz ab!"

Naja, ein Zarter ist der Opa noch nie gewesen. Mila lacht. Vorsichtig helfen sie dem Alten auf.

Franka jammert.

„Was machen wir nur? Wenn das rauskommt, dann wird Maik gefeuert!"

Gode schüttelt den Kopf.

„Quatsch! Der Eberhard, der wird schön das Maul halten. Wenn das rauskommt, wird der gefeuert, nicht Maik, das sage ich dir!"

Er überlegt. „Wir machen nichts. Ich rede später mit dem Kerl!"

## Mila

Die Sterne. Ich habe gehört, wir alle sind Sternenstaub.

Früher haben Chemiker den Menschen auf so und so viele Gramm Kohlenhydrate, so und so viele Gramm Fette und so und so viele Gramm Eiweiße reduziert.

Aber was dahinter steckt, das haben sie nicht gesehen. Mich freut es, dass wir alle gleich sind, jedenfalls in dieser Beziehung.

Asche zu Asche und Staub zu Staub? Ja, wir sind Staub, aber doch so sehr viel schöner als die Asche. Das weiß ich nun.

Unter der Esche, damals am Ryckbogen, war es mir, als könnte ich die Sterne singen hören. Die Luft flimmerte.

Wenn ich die Augen ganz fest zukneife und dann vorsichtig blinzele, kann ich einen von ihnen sehen: die Sonne.

Auch auf dem Dach ging das, dort beim Holger im Gebüsch. Ich glaube, es gibt Menschen, die sind eben einfach Sternenkinder, so wie ich.

Nadja ist auch eins, ist ja mein Zwilling, mein Ebenbild. Sie ist mein Lieblingsmensch, sowieso.

Meine Mutter gehört gewiss dazu.

Ja, und die Oma auch.

Und die Männer? Ich weiß es nicht. Mein Paps? Ja, der ist lieb. Aber er hat ja nur die Arbeit im Kopf. Er sieht uns nicht und die Sterne schon gleich gar nicht.

Opa, der hat es manchmal drauf. Bloß, wie er dann wieder mit Oma umgeht... Irgendwie so, als wäre die Oma kein Mensch, sondern nur ein Teil von ihm.

Na, und dann gibt es noch Nachtgestalten. Herr Mehl ist eine Nachtgestalt. Das kann jeder sehen, der es sehen will. Allein schon an der Kleidung. Immer ist er schwarz angezogen.

Ich werde nur noch helle Kleider tragen. Oder besser Hosen? Obwohl es doch so schön ist, die Luft an den Beinen zu spüren. Und wenn ich mich drehe, dann steigt die Luft empor, hebt meine Arme...

Aber wenn ich an den harten Griff der Hände des Herrn Mehl denke, seinen heißen Atem, sein Flüstern... Brrrr!

Vielleicht doch besser Hosen!

Opa meinte, Herr Mehl müsste fein still schweigen.

Das geht so nicht. Ich will das nicht. Dann hätte Herr Mehl gewonnen. Aber die Nacht darf den Tag nicht besiegen. Jedenfalls nicht auf Dauer.

Mila macht es sich nicht leicht. Spät am Abend, als sie Nadja die Treppe herauf kommen hört, zischt sie ihr Geheimzeichen für Notfälle.

„Zzzzzz!"

Nadjas Blick, eben noch auf die Treppe gerichtet, geht sofort in die Höhe. Milas Zimmertür steht offen, Mila selbst sitzt an ihrem Arbeitstisch. Nachts um halb Zwölf!

Nadja ist mit einigen federnden Schritten, fast sind es Sprünge, bei ihr.

Sie nimmt Mila in den Arm und streichelt sie. Plötzlich schüttelt es ihre Schwester, Tränen tropfen auf Nadjas Schulter. Sie spürt, wie sich Mila entspannt.

„Herr Mehl, er hat versucht, mich in die Ecke zu ziehen. Er hat mir an die Brust gefasst. Opa will ihm den Schwanz ausreißen…"

Nadja streicht ihr über den Rücken.

„Schschsch, ist schon gut…"

Es ist immer wieder ein Wunder, was eine einfache Berührung vermag.

Am nächsten Morgen verrät Mila das Versteck der Großeltern an ihren Vater. Von der versuchten Vergewaltigung sagt sie jedoch kein Wort. Nadja sitzt daneben und rührt stumm in ihren Haferflocken. Auch sie sagt kein Wort.

Björn fährt zur Arbeit. Zerstreut winkt er Knüppel zurück, der seinen Kopf zum Fenster der Torwache herausstreckt und freundlich winkt. Was soll er nur tun? Etwa die Alten decken und riskieren, dass der Vorstand von den illegalen Einwohnern Wind bekommt? Er muss lächeln. Der Wagner bekommt Wind von Familie Wind. Das passt, wie die Faust aufs Auge, wie der Arsch auf den Eimer …. Ach, die Sprüche Godes immer!

Nee, das lieber nicht.

Er wird Maik ein Ultimatum stellen. Seine Eltern müssen raus aus dem Kraftwerk, das steht fest. Wie der bloß auf so eine Furzidee kommen konnte! Die Alten in einem Kraftwerk!

Björn schüttelt während der Fahrt wieder und wieder der Kopf. Dann schlägt er auf das Lenkrad.

Er stellt das Auto ab, rennt die wenigen Stufen zu seinem Büro hinauf und schnappt sich den Telefonhörer. Jetzt hätte er ganz gern das Handy dabei, wenn er bloß wüsste, wo das Scheißding mal wieder liegt! Er wählt die Nummer von Maik.

„Wind?"

Björn muss wider Willen lachen.

„Mensch, Maik, was hat dich denn gebissen, die Alten ins Kraftwerk zu setzen? Bist du blöde? Was, wenn die uns rausschmeißen? Nimmst du uns dann auch auf, in dein Asyl? Dürfte dann ja wohl schwierig werden..."

Er hört, wie Maik laut ausatmet.

„Björn, du weißt es also jetzt. Mmh, was hättest du denn an meiner Stelle gemacht? Die Alten wären doch erfroren, dort in der Laube im Rosental. Sollte ich etwa zusehen und nichts machen?"

Björn fuchtelt mit der freien Hand in der Luft umher.

„Nee, du, so geht das nicht. Dreh mal den Spieß nicht um! Ich sage dir, bis Freitag gebe ich dir Zeit, dann sind die beiden raus dort. ... Hast du mich verstanden?"

Jetzt ist Maik sauer. Was für ein Arschloch. Dabei kam er bis jetzt ganz gut aus mit seinem Schwager. Seine Stimme trieft vor Sarkasmus.

„Ja, mein lieber Björni, das habe ich gut verstanden. Danke für dein Verständnis und für deine Unterstützung!"

Beide schmeißen die Hörer hin. Bei Björn geht das etwas besser – er hat ein Nostalgietelefon.

Maik hat ganz gute Beziehungen. Es dauert tatsächlich nur wenige Tage, dann fährt der Kastenwagen wieder eine heimliche Fuhre.

Diesmal geht es aus ComeOn hinaus in Richtung der großen Neubaugebiete. War bei Millionärsschmiddi nicht eine Wohnung frei geworden?

Genau! Spacko saß doch jetzt im Knast. Familie Wind kann einziehen.

Da sitzen sie dann am Abend in einer halbwegs verlotterten Küche. Maik fegt wie ein Derwisch zwischen Lieferwagen und Wohnung hin und her, bis die wenigen Habseligkeiten verstaut sind.

Franka hat sich alles gefallen lassen. Aber als Maik mit der Tasche mit den Lebensmitteln das letzte Mal die Tür hinter sich schließt, geht sie ihm entgegen.

„Du, Maik? Das ist keine Wohnung hier. Das ist ein Loch!"

Maik stellt die Tasche ab und blickt sich um.

„Ja, hast Recht. Wir finden was Besseres. Versprochen!"

# Exodus

Die kalten Winde bliesen
Mir grad' in's Angesicht;
Der Hut flog mir vom Kopfe,
Ich wendete mich nicht.*

*Wilhelm Müller – Gedichtzyklus Die Winterreise, ‚Der Lindenbaum‘*

Ich möchte weinen, doch ich kann es nicht;
Ich möcht mich rüstig in die Höhe heben,
Doch kann ichs nicht;**

**Heinrich Heine - Gedicht ‚Ich möchte weinen‘*

## Franka und Gode

An sich gibt es alles, was der Mensch braucht, dort in der Majakowskistraße in der Nähe der Appartements, die Millionärsschmiddi vermietet.

Eine Ärztin hat ihre Praxis einen Block weiter, nur einige Schritte um die Ecke ist ein Einkaufszentrum mit diversen kleinen Läden zu finden. Ein Fleischer bietet täglich warmes Essen, ein Bäcker lädt mit duftendem Gebäck dazu ein, die Frühstückstische im Wohngebiet zu veredeln.

Warum nur kann sich Franka hier nicht zu Hause fühlen? Vermisst sie das Grün vor den Fenstern? Das kann es nicht sein, denn aus dem Wohnzimmer geht ihr Blick direkt in einen Park hinein. Große Bäume stehen da, nicht einen Deut kleiner als die am Ryckbogen.

Sind es die Hühner, die nicht mehr auf sie warten, oder, schlimmer noch, die Kinder, die ihr fehlen und die schon so lange aus dem Haus sind?

Ist es der Gode von früher, der ihr liebevoll im Vorübergehen einen Kuss auf die Wange drückte?

Es ist von allem ein wenig dabei, denn sie fühlt sich nicht wohl. Ganz bestimmt sind es jedoch die Korridore vor ihrer neuen Wohnung. Vor denen graut ihr regelrecht.

Bevor sie die Wohnungstür öffnet, atmet sie stets mehrmals tief durch, um dann mit angehaltenem Atem die Passage der hallenden Tunnel hinter sich zu bringen.

Erst wenn sie um die Ecke biegt und das Licht der Ausgangstür vor sich sieht, atmet sie hörbar aus, greift sich die Klinke und reißt die Außentür auf.

Als Gode einmal hinter ihr geht, staunt er, wie schnell Franka plötzlich wird.

„Höhö, Franka, hast du Jagdwurst gegessen?" fragte er sie.

Als er aber mitbekommt, wie angespannt seine Frau durch die zugegebener Maßen finsteren Korridore mehr stürzt als schreitet, vergeht ihm der Spott.

Bald kannte die Ärztin in der Nachbarschaft ihre Neuzugänge.

Gode, den es niemals zum Arzt gezogen hatte, begleitet Franka regelmäßig zu ihren Terminen.

Frau Doktor stellt beim fälligen Gesundheitscheck seltsame Ausschläge in Frankas EKG fest.

Tatsächlich fiel Franka nach einer ihrer bemerkenswerten Passagen des Korridors einfach um. Glücklicherweise passierte das auf dem Nachhauseweg und Gode zog Franka noch bis auf das Sofa. Da stand er und rang die Hände.

‚Was mach ich nur, was mach ich nur…' hämmerten seine Gedanken. Aus Frankas Mund sickerte weißer Schaum, ihre Augäpfel flatterten.

Er legte seine Frau auf die Seite und rief den Rettungswagen.

Bevor er Franka in der Uniklinik besuchen durfte, musste er die üblichen virusinduzierten Routinen über sich ergehen lassen.

Schließlich steht er an ihrem Bett.

Da sitzt sie, hoch aufgerichtet, etwas blass und lächelt ihn an. „Habe ich dich erschreckt?"

Gode greift nach ihrer Hand. Eine Flexüle steckt im Handrücken, ein Schlauch führt zum Tropfbeutel.

Ihm schießen die Tränen in die Augen. Franka, seine Liebe, sie kommt ihm plötzlich so zierlich vor. Wie eines ihrer Hühnchen, das kleine, dünne, so verletzlich!

Tapfer schluckt er. Er wird doch hier und jetzt nicht herumheulen.

Er sieht sich nach einem Stuhl um. Die wenigen Schritte dorthin genügen. Er hat sich wieder im Griff.

Gode schiebt den Stuhl neben das Bett und setzt sich. Wieder greift er nach Frankas Hand.

„Musst du lange hier bleiben?"

Franka lächelt.

„Keine Ahnung. Bin ja gerade erst wieder aus der Ohnmacht aufgewacht, weißt du? Komisch, ist mir doch noch nie passiert. Einfach so. Umgekippt und aus? Ich weiß bloß noch, wie die Tür hinter mir ins Schloss fiel, dann kam mir der Fußboden entgegen... Und du, hast mich gerettet? Ach, Gode!"

Jetzt laufen Franka einige Tränen die Wangen hinunter.

Gode macht sich Vorwürfe. Hätte er nicht das Geld mit Schmiddi verzockt, dann wäre das alles schließlich nicht passiert. Dann säßen sie friedlich am Ryckbogen und würden Johannisbeeren pflücken, oder so etwas!

Aber so? Was soll er machen. Er hat scheußlichen Durst. Vorsichtig legt er Frankas Hand auf die Decke. „Ich muss mal was trinken. Weißt du, wo's was gibt?"

Franka zeigt auf die Flasche mit dem stillen Mineralwasser neben dem Bett. Gode setzt an und lässt das Wasser nur so in sich hineingluckern. Dann wischt er sich den Mund ab und hält die Flasche schräg.

„Schiet, die ist alle!"

Schuldbewusst sucht er, ob irgendwo im Zimmer noch weitere Flaschen stehen.

Die Tür geht auf, eine Schwester schiebt einen Wagen herein.

„Abendessen!"

Und Gode? Der muss nun wieder gehen.

Nur zwei Tage später klingelt es an der Haustür.

Ein Rettungssanitäter bittet ihn, ihm zu helfen. Beide gehen durch die Gänge der Korridore, bis sie am Krankenwagen angekommen sind.

Der Sanitäter macht die Schiebetür auf.

Da sitzt Franka, gut angeschnallt auf dem Sitz neben der Krankenbahre. Der Fahrer löst den Sicherheitsgurt, dann hilft er ihr auf. Vorsichtig steigt sie Stufe um Stufe aus dem Krankenwagen.

Franka ist wieder zu Hause.

In den Korridoren schaut sie sich um, als sähe sie diese zum ersten Mal.

„Du, Gode? Schön ist das hier aber nicht…"

Gode nickt nur.

„Nee, du, schön ist das hier nicht…" So schlurfen sie Schritt für Schritt bis zu ihrer Wohnungstür. Das automatische Licht geht aus.

Sie stehen im Dunkeln. Gode legt den Arm um seine Frau. Sie zittert ein wenig. Schnell steckt er den Schlüssel ins Schloss und schließt auf.

Im gleichen Moment, in welchem Franka das Licht sieht, kann Gode spüren, wie sie sich entspannt. ‚Ob das nur an der Dunkelheit liegt?‘ fragt er sich.

Gode stürzt an den Wasserhahn. Wieder hat er nahezu tierischen Durst. Er träumt jetzt immer von Wasserfällen und Springbrunnen. Früher gab es ja noch manchmal Träume von riesigen Gelagen.

Na, und von wilden Orgien, davon auch, manchmal. Aber jetzt?

Nur noch Wasser, Wasser, Wasser. Es sprudelt und gluckert, es benetzt die Zunge und ist genau richtig, seinen Tiefendurst zu löschen. Denn genau den hat er: Durst bis in die Knochen, bis in jede einzelne Zelle hinein: Tiefendurst!

Er hängt sich an den Wasserhahn und lässt einen kurzen Moment das mit Luft gemischte Wasser über seine Finger strömen. Es fühlt sich gut an.

Dann höhlt er die Hände, sammelt einen kleinen See und trinkt.

Franka rumort in der Küche.

„Gode? Hast du eingekauft?"

Na klar, hat er!

Heute Abend wird er seiner Liebsten eine Nudelsuppe mit Hühnerklein kochen. Die isst sie so gerne.

Dann füllt er die Wärmflaschen mit heißem Wasser. Wie am Ryckbogen schlafen sie auch in der Majakowskistraße bei offenem Fenster.

In der Nacht schreit ab und zu ein Mensch auf der Straße herum. Aber auf der Parkseite ist davon nicht viel zu hören. Es ist fast so still wie am Ryck.

Als Gode ihrer Ärztin von seinen gelegentlichen Durstattacken berichtet, ist ihre Diagnose schnell gestellt: Gode hat Diabetes Typ 2.

Er ist nun einer der geschätzten sieben Millionen Zuckerkranken in Deutschland. Wiederum geschätzte zwei Millionen wissen nichts von ihrer Erkrankung.

Insofern hat Gode noch Glück gehabt. Die Therapie wird begonnen und Gode schluckt brav die Tabletten.

Später kam einmal am Tag eine Spritze hinzu. Damit konnte er leben. Alles halb so schlimm. Aber wo kam diese Krankheit bloß her?

Hat er sich angesteckt? Frau Doktor meinte, das wäre erblich. Vielleicht besaß er Verwandte ersten Grades, die Diabetes hatten?

Nicht, dass er wüsste.

## Eva

Von ComeOn bis in die Majakowskistraße ist es nur ein Katzensprung. Gleich hinter den Toren der eingemauerten Eigenheimsiedlung der Betuchten kann Eva, wenn sie ihr Fahrrad benutzt, auf einen Radweg einbiegen, der von Lubmin direkt in das Zentrum der Kreisstadt führt.

Auf dieser Strecke benötigt sie vom Ufer der Dänischen Wieck bis in die Innenstadt höchstens eine halbe Stunde.

Mit dem Elektrofahrrad, welches ihr Björn zum Geburtstag schenkt, reduziert sich die Fahrzeit und sie schafft die Strecke fast in einer Viertelstunde.

Nur bei Gegenwind, der ihr bei der Fahrt in Richtung Westen häufig ins Gesicht bläst, benötigt sie etwas länger. Eva liebt die Fahrradtouren zur Arbeit und zurück, denn sie machen ihr den Kopf frei.

Sie denkt an die Kinder, die sie betreut und an die Probleme, die sie mit zu ihr bringen. In einer verdrehten Art spiegeln sie die Konflikte der Gesell-

schaft in so drastischer Weise, dass ihr schwinde-
lig davon wird.

Dann helfen ihr die Minuten auf dem Fahrrad
wieder heimzufinden, in ihre abgekapselte Welt,
die sie von ihren ärgsten Problemen befreien sollte.

Wenn sie ganz ehrlich zu sich ist - das kommt auf
ihrem Fahrrad häufiger vor - muss sie sich eingestehen, dass die Übersiedlung nach ComeOn
jetzt, da die Mädchen erwachsen geworden sind,
ihren Zweck verloren hat.

Natürlich kommen in ComeOn keine Wildschweine vor, insofern haben die Mauern ge-
wirkt.

Außerdem sind Diebstähle in ihrem kleinen
Stadtteil die absolute Ausnahme; das muss sie
ebenfalls auf der Erfolgsseite verbuchen.

Allerdings kommt Eva an einigen dicken Mankos
nicht vorbei: Da sind zuerst die Eltern, die sie
weiterhin nicht besuchen kommen.

Weiter stört sie, dass ihre alten Freundschaften
wie die zu Frau Bodenbach einfach so einge-
schlafen sind.

Die hohen laufenden Kosten, die darf sie ebenfalls nicht vergessen. Die sind ganz schlecht.
Wann durften sie das letzte Mal ihren Urlaub

genießen? Björn ist in dieser Beziehung der absolute Ausbremser.

„Was willst du im Urlaub? Hast doch alles vor der eigenen Haustür. Du kannst dir eine Sonnenliege am Pool nehmen, ein Buch lesen und einen Caipi trinken. Nee, dafür gebe *ich* kein Geld aus!"

Als ob es nur darauf ankäme. Sie wollte mit Menschen in Kontakt kommen, die einfach anders aussehen als der eierköpfige Professor Lehmann von Nebenan. Dessen hartleibige Gattin sieht sie nicht gern an ihrer Tür und schon gar nicht in ihrer Wohnung.

Selbst Puck mauzt gequält, wenn er das ewig besserwisserische Gequake ihrer Nachbarin auf dem Nachbargrundstück hört. Tatsächlich! Der Kater blickt sie dann mit weit aufgerissenen Augen und vorwurfsvoll gewendetem Kopf an, als wollte er ihr sagen: „Schick sie weg! Ich tue alles, aber schick sie bitte, bitte weg!"

Auch mit Mila und Nadja ist nicht alles im grünen Bereich. Sie hat das Gefühl, bei den beiden irgendetwas verpasst zu haben.

Bis zur Jugendweihe lief alles noch ganz gut. Danach zogen sich die Mädchen mehr und mehr zurück.

Früher blieben sie nach dem Abendessen noch gern in der Küche sitzen. Dann erzählten sie Eva in ihrer munteren Schwalbenart von ihren Tagesgeschäften. Sie liebte diese Stunden der abendlichen Konfliktverarbeitung.

Als Erste meldete sich Mila ab. Sie murmelte eine Entschuldigung und verschwand in ihrem Zimmer.

Mit Nadja allein konnte sie zwar deren Probleme besprechen, aber der allgemeinere Touch, den der Blick mehrerer Menschen automatisch mit sich bringt, blieb bei den Einzelgesprächen einfach aus.

Das bemerkte nicht nur Eva. Wenn Mila keine Lust hatte nach dem Abendessen mit der Mutter zu klönen, verschwand Nadja nun ebenfalls.

Die Mädchen verzichteten auf ihre freiwillige Aussprache zunächst ein bis zwei Mal in der Woche.

Eva dachte sich erst nichts dabei. Dann wurde das abendliche Gespräch zum singulären Ereignis. Nur wenige Wochen weiter musste sie konstatieren, dass ihre innerfamiliäre Kommunikation absolut zusammengebrochen war.

Für Björn geht sowieso die Arbeit über alles. Und nun verliert sie den innigen Kontakt zu ihren Mädchen? Liegt es an Oma und Opa?

Ungefähr seitdem Oma und Opa in der Majakowskistraße wohnten, fuhren die beiden Mädchen ganz gern am Abend nochmal mit dem Fahrrad in die Stadt. Klar, dass dann die Zeit für ein Gespräch mit der Mutter knapp wurde. War das ein Zufall?

Eva musste die Sache klären. Das ist sie sich und den Mädchen schuldig!

Zunächst sprach Eva mit ihrem Vater. Sie wollte einfach, dass ihre Eltern die innere Schranke, welche die Alten von ComeOn trennte, nun endlich niederreißen würden. Aber Pustekuchen.

Gode hatte erfahren, dass Eberhard Mehl nun hochoffiziell und durch den Vorstand anerkannt den Chef der Security des Stadtteils darstellte. Gode tobte.

Noch sah er deutlich vor sich, wie Eberhard an Mila herumzerrte, auch wenn ihm einiges danach durch den Filmriss fehlte.

„Der Wagner, dieses Hornvieh hat Eberhard zum Chef gemacht? Diesen Leckarsch? Dieses Vieh? Ja, weißt du denn nicht…?"

Gerade noch rechtzeitig nimmt sich Gode nun doch noch ein wenig zurück. Er will seine Tochter nicht noch zusätzlich belasten. Dann schon lieber Björn, dieses Weichei, der ihnen nach seiner Meinung den ganzen Schlamassel eingebrockt hat.

Eva spitzt die Ohren.

„Was weiß ich denn nicht? Nun sag es schon!"

Aber Gode knurrt und winkt ab.

„Frag deine Mutter. Vielleicht sagt die dir, was Eberhard für ein Mensch ist."

Und dann etwas eifriger:

„Als Sicherheitschef taugt *der* jedenfalls nicht. Das sage ich dir!"

Franka sitzt jetzt immer häufiger untätig am Küchentisch. Sie kann sich einfach nicht mehr aufraffen.

Warum soll sie sich denn noch krummlegen? Sie, die früher so vital daherkam, als würde ihre Lebensenergie für alle in ihrem Umkreis ausreichen, saß nur still und sagte nichts.

Eva schaute sie fragend an.

„Was hat Eberhard denn gemacht, dass ihr so sauer auf ihn seid, dass ihr *uns* bestraft!"

Franka schaut auf Gode. Der schnauft nur. Neulich begegnete ihm Eberhard wie eine Erscheinung im dunklen Korridor.

„Was machst *du* denn hier?" Gode war so perplex, dass ihm nur die dümmste der dummen Fragen einfiel.

Eberhard drückte in aller Seelenruhe den Lichtschalter.

„Erstens wohne ich hier und zweitens sorge ich für Sicherheit, weißt du doch!"

Er stellte sich breitbeinig hin und pendelte sacht in den Hüften.

Gode begann zu tänzeln. Würde er den breitbeinigen Mann angreifen? In Eberhards Augen blitzte es amüsiert.

„Du, Gode, das damals im Kraftwerk, das war eine Verwechslung. Ich dachte, es wäre Nadja."

Gode beendete seinen Stepptanz. Was wollte der Mensch ihm sagen? Nadja? Wollte die den Kerl etwa an sich ran lassen?

Godes Stimme war ganz heiser. „Bist du hier, um mir *das* zu sagen?"

Eberhard würde, gemeinsam mit seinen Mannen, nun des Öfteren hier patrouillieren müssen. Er ist durch Millionärsschmiddi beauftragt worden, dessen Problemzonen zu überwachen.

„Nee, Mann, wie gesagt, ich mach' hier die Sicherheit. Wir kommen jeden Tag zur Kontrolle. Kannst dich gleich mal dran gewöhnen."

Er grinste.

„Weißt du, die Nadja, das ist eine heiße Braut. Wenn du mich fragst."

Ein Gedanke schießt ihm durch den Kopf und fast ein wenig höhnisch fährt er fort:

„Ich überlege, ob ich bei ihrem Papa um ihre Hand anhalte. So ganz förmlich. Schließlich könnte ich sie heiraten, oder?" Und nur für eine Nacht, fügt er für sich hinzu.

„Dann bist du mein Schwiegeropa! Das wäre doch saucool."

Gode musste sich an der Wand abstützen. Sein Zuckerspiegel rauschte in den Keller. Er wurde blass.

Als das Licht plötzlich ausging, knickten Gode die Beine ein. Er konnte nicht mehr.

Eberhard machte das Licht wieder an. Das käme bestimmt nicht gut an, wenn ihm hier ein Anwohner quasi von Angesicht zu Angesicht die Mücke macht.

Er bückte sich zu dem Alten und legte eine Hand auf dessen Schulter.

„Nu, mach mal halblang. Wo wohnst'n du?"

Gode zeigte wage in Richtung des Korridorendes.

Mit einigen Schritten war Eberhard an der Haustür und klingelte bei Familie Wind.

Franka öffnete.

Vor ihr stand Eberhard im vollen Wichs des Sicherheitsdienstes. Genauso hatte sich Franka die Kerle in ihren Monturen vorgestellt, wenn ihre Oma von den Übergriffen der Hilfspolizei vor dem letzten Krieg erzählte. Franka wurde ebenfalls blass.

„Alles gut, Frau Wind, alles gut! Da vorne sitzt ihr Mann, dem ist schlecht geworden. Können Sie mir bitte mal helfen?"

Gemeinsam führten sie Gode zum Sofa. Dann sagte sie nur ganz leise:

„Raus!"

Eberhard dienerte tatsächlich und verschwand.

Sollte sie nun Eva reinen Wein einschenken? Wäre das nicht ein weiterer Sargnagel für deren Bereitschaft, in diesem abgeschotteten Stadtteil zu wohnen?

Franka rang die Hände.

Sie sagte nichts.

Gode sah erst seine Tochter an, dann seine Frau.

„Vielleicht ist es besser, wenn ich mal mit Björn rede? Weißt du, was zwischen Nadja und Eberhard läuft?"

Eva weiß es nicht. Wie auch, wo sie doch seit Wochen nicht mehr mit ihren Töchtern geredet hat.

Sie fühlt sich wie eine Ratte im Laufrad, wie ein verdammter Zirkelbezug! Sie greift sich mit beiden Händen in die Haare.

„Ich dachte, ihr könnt mir sagen, warum die Mädchen nicht mehr mit mir reden. Aber Björn als Ausweg? Der weiß doch noch viel weniger als ich, was die Mädchen beschäftigt... Haben die euch denn nichts gesagt? Die hocken doch laufend hier bei euch, oder etwa nicht?"

Das stimmt. Franka nickt.

„Weißt du, die machen uns Abendessen. Und Gode, dem gießt Mila immer ein Bier ein. Aber über ihre Probleme reden? Nein, das machen sie nicht."

Als Eva wieder auf ihr Fahrrad steigt, ist sie genauso schlau wie zuvor. Was kann sie nur tun, damit ihre Töchter wieder mit ihr reden?

Außerdem gefällt ihr die Mutter nicht. Sie wird Björn darum bitten, Franka eine Aufgabe im Hilfering zu geben. Vielleicht kann Gode ja den Fahrer machen und Franka die Leute in den Läden bequatschen, wegen der Altbestände, die an den Hilfering gehen?

Dann wäre sie wenigstens ein Problem los. Und wenn die Alten mehr unterwegs sind, dann können Mila und Nadja nicht so viel bei ihnen umherhängen. Zwei Fliegen mit einer Klappe? Nicht schlecht. Eva lächelt und tritt kräftiger in die Pedale. Der Elektromotor summt, der Wind weht ihr um die Nase. Sofort ist ihr viel, viel besser zumute!

## Björn

Viele Probleme entstehen durch intensive Beschäftigung mit ihnen. Das ist eine meiner Lebenserfahrungen und ich teile sie gern mit jedem, der mit mir über Lebenserfahrungen reden will. Ich weiß, diese Erkenntnis ist ziemlich krass, denn sie ordnet die Ursache von Konflikten den Individuen zu, die selbst in ihnen stecken.

Natürlich muss ich zugeben, dass bei etlichen Auseinandersetzungen, in die ich geraten bin, auch äußere Anlässe eine Rolle spielten.

Und trotzdem bleibe ich dabei: Wenn die Beteiligten sich nicht gern und intensiv um ihre Probleme bemühen würden, ginge denen mit Sicherheit nach kurzer Zeit die Puste aus.

Sie kennen doch sicher das erste Parkinsonsche Gesetz? Dann wissen Sie, dass sich Arbeit genau in dem Maße ausdehnt, wie Zeit für ihre Erledigung zur Verfügung steht.

Dieser Lehrsatz ist durch den britischen Soziologen Cyril Northcote Parkinson im Jahre 1955 als mehr oder weniger ironischer Beitrag zur Verwaltungs- und Wirtschaftslehre formuliert worden und bezieht sich auf funktionierende Bürokratien.

Ich bin mir jedoch sicher, dass das Potenzial dieser einfachen Lehrsätze erheblich größer ist. Es handelt sich um Lebensweisheiten, um Axiome, und meine Lebenserfahrungen bestätigen diese in vollem Umfang.

Nehmen Sie nur das zweite Parkinsonsche Gesetz. Es wird als das Gesetz der Trivialität bezeichnet und besagt, dass bei Budgetdebatten die aufgewendete Diskussionszeit zu den einzelnen Ausgabeposten umgekehrt proportional zu deren Höhe ist.

Anders ausgedrückt diskutieren wir, wenn wir die Gelegenheit dazu haben, über Dinge die wirtschaftlich völlig unwichtig sind, viel länger, als über Vorhaben mit hohen Kosten.

Und wissen Sie auch warum? Na, weil die Beteiligten von den billigen Sachen Ahnung haben und von den teuren eben einfach nicht.

Parkinson macht das an Diskussionszeiten zur Genehmigung eines Atomreaktors (Diskussionszeit 2 ½ Minuten, Wert im Millionenbereich) fest. Im Gegensatz dazu wurde über einen Fahrradunterstand und Kosten von einigen Tausendern 45 Minuten und über den Kaffeeverbrauch eines anderen Ausschusses, also über wenige Pfund, sogar über eine Stunde debattiert. Die Menschen sind so.

Dabei wäre es doch ganz einfach, sich solchen Wirkmechanismen zu entziehen!

Ich bin nicht blauäugig. Es ist mir klar, dass es mir nicht gelingen wird, Probleme allein dadurch zu bewältigen, indem ich ihnen keine Zeit zugestehen will.

Aber so, wie es Eva macht, die den Problemen in unserer Familie nach meiner Ansicht unangemessen große Aufmerksamkeit schenkt, genauso will ich es eben *nicht* machen!

Wir hätten wegen des Wildschweinangriffes niemals Benterdal verlassen dürfen. Hätte sich Eva damals ihrer Angst nicht regelrecht hingegeben, wäre uns die ganze Aktion mit der Umsiedlung nach ComeOn erspart geblieben.

Und wissen Sie was? Jetzt gerät Eva schon wieder in eine Abwärtsspirale, die ich dann ausbaden muss.

Ich finde das scheußlich, das sage ich Ihnen!

Mein Konzept, das habe ich schon angedeutet, ist eher tätiger Natur: Ich gehe den Konflikten nicht vollständig aus dem Weg, aber ich bin nicht bereit, ihnen freiwillig Zeit einzuräumen. Ich arbeite. Basta!

Ich sehe wohl, wie Mila und Nadja sich abkapseln. Ich habe in den letzten Wochen mindestens fünf Mal gesagt, welches Verhalten ich empfehlen würde: Ich würde nach Malta fahren und eine Au-Pair Stelle annehmen.

Aber es ist wie verhext – mein Vorschlag fällt nicht auf fruchtbaren Boden. Als hätte ich ihn gar nicht gemacht! So kommt mir das vor!

Und Eva? Die arbeitet sich lieber an ihren Eltern ab, als meinen Vorschlag ernst zu nehmen. Dabei würde der uns, wenn man es geschickt anfasst, ausgesprochen preiswert kommen.

Wir könnten eine WinWinWin-Situation verbuchen: Die Mädchen würden ihre Sprachkenntnisse vertiefen. Win!

Sie könnten sich nicht ihrer Problemvertiefung (welche Probleme auch immer das sein mögen – ich tippe da auf Pubertätsgeschichten) widmen. Win!

Wir würden sogar noch am Haushaltsgeld sparen. Nochmals: Win!

Aber nein, Eva starrt aus dem Fenster und ich kann ihre Gedanken bereits an ihrer Körperhaltung ablesen: ComeOn ist ihr über.

Ich muss zugestehen, dass die Nachbarn nicht der Bringer sind. Und das ganze Sicherheitsgedöns, das geht mir auch auf den Zünder. Aber deshalb gleich in den Sack hauen? Nicht mit mir!

Wozu haben wir denn den Hilfering gegründet, wenn wir nicht tätige Hilfe leben wollen? Das scheint mir doch ein angemessener Ausweg aus sinnlosen Grübeleien.

Auf jeden Fall werde ich Franka und Gode vorschlagen, aus ihrem Schneckenhaus auszubrechen und im Hilfering mitzumachen. Wir können jeden gebrauchen.

Franka kann bei der Essenzubereitung für die Obdachlosen einsteigen. Und Gode? Der könnte als Verteiler mitmachen.

Wer schläft, sündigt nicht? Ha! Wer arbeitet, sündigt noch viel weniger, das sage ich Ihnen!

Nur wenige Tage später fährt Björn in der Majakowskistraße bei den Schwiegereltern vor.

Als er klingelt, sitzt Franka, wie fast immer in der letzten Zeit, untätig am Küchentisch. Sie steht auf und öffnet die Tür. Gode liest Zeitung.

Ihr Schwiegersohn stürmt in die kleine Küche. „Könnt ihr mir helfen?" Björn hält sich nicht mit Vorgeplänkel auf.

„Ich brauche eine Beiköchin und einen Fahrer für die Obdachlosentour. Würdet ihr das machen?"

Gode lässt die Zeitung sinken.

Franka, auf dem Rückweg zu ihrem Platz am Küchentisch, lehnt sich in die Türfüllung. Begeistert sind die beiden nicht. Björn hakt nach.

„Ist doch besser, als hier den ganzen Tag herumzusitzen und *nichts* zu tun!"

Franka schaut auf Gode, der in letzter Zeit ein wenig Fett angesetzt hat.

„Wir können es ja versuchen."

Der Hilfering hat eine Wohnung in der Innenstadt zum Verteilzentrum für Bedürftige umgebaut. Hier wird auch gekocht.

Der Betrieb in der Küche ist der pure Stress. Franka ist ihm nicht gewachsen. Als der Koch sie anbrüllt „Wo bleiben die Möhren?", geht Franka langsam auf die Knie. Dann sinkt sie zur Seite. Sie sieht die weißen Fliesen, einige Möhrenblätter. Kalt sind die Fliesen an der Wange. Franka lächelt…

Gode stellt den Thermophor vor dem Verteilzentrum ab, um den Möhreneintopf zu holen.

## Gode

Es ist nicht so einfach, einem Obdachlosen eine warme Mahlzeit zu bringen. Bei uns im Ort befinden sich die Aufenthaltsorte unserer Kunden direkt in der Fußgängerzone. Da sollen wir in der Mittagszeit nicht mit dem Lieferwagen hin.

Ich halte mich nicht daran.

Sonst müsste ich ja fast vierhundert Meter mit dem Thermophor in der Hand durch die Innenstadt laufen. Und das wenigstens zwei, drei Mal. Da kommen schnell einige Kilometer zusammen. Hat der Lieferant des Essens Pech, ist er umsonst gelaufen. Denn unsere Kunden sind nicht so ganz zuverlässig, was ihre Aufenthaltsorte angeht.

Nee, da fahre ich lieber gleich mit dem Auto vor. Und ich muss sagen, ich bin noch nicht ein einziges Mal angezählt worden.

Obwohl ich einmal direkt an einem Polizeiwagen vorbeigefahren bin. Da saßen tatsächlich zwei Polizisten drin.

Ich habe sie freundlich gegrüßt und sie haben mir sogar zurück gewinkt. An meinem Lieferwagen steht schließlich dran, dass wir vom Hilfering

218

kommen, um zu helfen. Und wer will schon Helfern auf die Füße treten? Niemand.

Eine der Frauen, sie sitzt in der Nähe der Mensa und bettelt, hat so eine Art Tourette-Syndrom.

Da muss ich tierisch aufpassen, denn wenn sie genau in dem Moment, in welchem ich ihr den Teller mit dem warmen Essen in die Hand drücke, eine ihrer unkontrollierten Zuckungen bekommt...

Ist alles schon dagewesen.

Dann flog das schöne Essen in hohem Bogen in den Dreck.

Ich habe zehn Minuten gebraucht, bis ich einen Besen gefunden hatte, um den Schmutz ein wenig zusammenzufegen.

Soll schließlich niemand ausrutschen in meinen Fehlern.

Ich habe daraus gelernt und ziehe, wenn die Frau zugreifen will, den Teller zunächst kurz aus ihrer Reichweite. Sie heißt übrigens Ulrike.

Ulrike stutzt also und schaut mich an. Wenn ihre Augen nicht flackern, ist alles gut. Ich halte ihr den Teller wieder dichter hin und die Übergabe geht ohne Probleme über die Bühne.

Als ich heute die Tour beende, steht ein Rettungswagen vor der Zentrale des Hilferings. Ich setze den Thermophor ab und gehe nachsehen, wen die Rettungssanitäter am Wickel haben.

Vor der Küche drängeln sich ein paar Leute. Ich kann sehen, wie einer der Sanis mit einem Defibrillator hantiert.

Ich mache einen langen Hals, wie die anderen auch, als sich der Koch, der vor mir ebenfalls gaffe, zu mir umdreht.

„Gode?" Seine Augen weiten sich und gleichzeitig packt er mich am Arm.

„Gode, du solltest da nicht rein!"

Hä? Was will denn der Blödmann von mir? Ich schüttle seine Hand ab und drängle mich weiter vor.

Jetzt kann ich die Gestalt sehen, die dort unter dem Schlag des Defis zusammenzuckt. Das Gesicht bleibt von einer Sauerstoffmaske verdeckt. Die Haare, ich erkenne sie an ihren Haaren! Da liegt Franka!

Wie ein Schwimmer kraule ich nun voran, dränge einen nach dem anderen beiseite. Ich muss brüllen.

„Franka!"

Am Ende bekomme ich eine Spritze. Mir wird ganz warm im Arm, die Wärme breitet sich aus.

Was ist denn das für ein Zeug? Die Stimmen ringsum werden immer leiser.

Franka wird mit Blaulicht abtransportiert. Und ich?

Ich sitze hier und fühle mich tiefenentspannt. Der Arzt hat gesagt, ich soll ins Klinikum kommen. Später hilft mir Björn auf. Gerade der! Der ist doch Schuld an dem ganzen Schlamassel!

Es ist nicht zu leugnen: Gode ist ein wenig seltsam geworden. Als der Koch ihm einige Wochen später die Portion für die Frau in der Innenstadt mit den Worten „Hier hast du! Für die Schreirike!" übergibt, packt der zunächst das Essen in aller Seelenruhe in den dafür vorgesehenen Warmhaltebehälter.

Er lässt die Bajonettverschlüsse klacken, dann dreht er sich um, baut sich vor dem Küchenchef auf und packt ihn an den Revers seiner schönen weißen Kochjacke.

„Die Frau, du Arsch, die heißt Ulrike Mansfeld!"

Der Koch, es geht nicht anders unter dem eisernen Griff der Fäuste, muss zu Gode aufschauen. Als er in Godes leicht zusammengekniffene Augen blickt, sieht er im wässrigen Blau nichts als

221

wilde Entschlossenheit. Wozu eigentlich? Will Gode ihn schlagen? Er nickt.

„Alles klar, Gode. Ulrike Mansfeld. Ist angekommen!"

Gode löst den Griff und streicht dem korpulenten Mann die Jackenaufschläge glatt.

„Nüscht für ungut, Alter! Mach mal weiter deinen Pamps!"

Gode ist also ein wenig seltsam geworden.

Zuerst hat das wohl Björn bemerkt. Als er nach dem Tod Frankas an der Tür in der Majakowskistraße klingelte, um seinem Mitarbeiter im Hilfering zu sagen, dass er ruhig ein wenig kürzer treten könnte, sagte ihm Gode ziemlich kalt:

„Du willst, dass ich zu Hause bleibe? Hier, wo ich überall an Franka denken muss? Hättest du Blödmann uns nicht in deinen Hilfering gelotst, vielleicht würde sie noch leben!"

Gode war ja schon immer ein wenig direkt gewesen, aber so etwas? Das ging Björn nun doch zu weit.

Auf der Toilette fand er ein Neuroleptikum. Das Zeug kannte er noch vom Studium. Ein absoluter Kracher, mit dem psychisch schwer Angeknackste auf Vordermann gebracht wurden! In den USA wurde bis in die siebziger Jahre des vorigen Jahrhunderts hinein noch Menschen der wichtigste Nervenstrang überhaupt, die Verbindung zwischen den beiden Großhirnhälften, operativ durchtrennt. Mit der Erfindung dieses Präparates durch die forschende Pharmaindustrie wurden solch schwere Eingriffe obsolet.

Er wedelte mit der Packung vor Godes Nase umher.

„Das Zeug hat Franka genommen?" Gode blickte verblüfft auf seinen Schwiegersohn. So wütend hatte er den sonst stets freundlichen Mann noch nie gesehen. Trotzig blickte er aus dem Fenster und schlug die Arme vor der Brust zusammen.

„Dieses Medikament! Weißt du, dass man das auch als K.O.-Tropfen nehmen kann? Jeder Vergewaltiger würde dich darum beneiden!"

Immer noch wütend stopft sich Björn die noch verschlossene Packung in die Brusttasche seines Hemdes. Gode sieht nun wieder zu ihm hin.

„Vergewaltiger? Frag doch mal Eberhard, ob er was davon braucht! Für Mila!"

Hä? Was soll denn das nun wieder? Björn fällt es wie Schuppen von den Augen. Jetzt reicht es ihm. Ebenso wie Gode sich den Koch schnappte, greift sich diesmal Björn seinen Schwiegervater. Das geht bei weitem nicht so gut, denn Gode trägt keine Jacke. Also schüttelt Björn den alten Mann an den Schultern.

„Was willst du damit sagen? Hat Eberhard Mila vergewaltigt?"

Gode windet sich aus dem Griff der Hände seines Schwiegersohnes.

Dann holt er die Schnapsflasche aus dem Schrank, dazu zwei Gläser.

Er gießt reichlich ein und reicht ein Glas zu Björn rüber. Ohne anzustoßen kippt er das scharfe Gesöff.

Während er sich die Szene damals im Kraftwerk vor Augen führt, blickt er wieder starr aus dem Fenster.

Inzwischen ist es dunkel geworden. Ohne den Blick von den dunklen Bäumen zu wenden, erzählt er, was er sah, bis es ihn umwarf.

„Er küsste sie, auf den Hals… hinten lag Dämmwolle. Dort wollte er wohl hin mit ihr. Aber Mila wollte nicht. Als er ihre Brust streichelte, schrie sie… Und ich? Ich wusste nicht, was ich tun sollte. Wir waren doch illegal dort, im Kraftwerk. Bin dann umgefallen. Franka kam dazu. Sie kannst du nicht mehr fragen."

Auch Björn stürzte seinen Schnaps hinunter. Der Alte goss nach. Björn erinnert sich nur noch in Bruchstücken daran, wie er ein Glas nach dem anderen kippte. Später stand er vor dem Fenster und hörte, wie Gode grölte.

„Ach Franka, lie-hi-be Franka mein, wann werden wir wieder beisammen sein?"

Nach einer längeren Pause johlte es aus dem geöffneten Fenster:

„Am Mi-hi-tt-woch!"

Dann krachte das Fenster zu.

Als Björn am Morgen danach in seinem Bett erwachte, er lag auf dem Bauch, fühlte er als erstes nach, was ihn an der Brust so drückte. Es waren die K.O.-Pillen in der Brusttasche seines Hemdes. Letztlich trieb ihn der Durst aus dem Bett.

Er tappte in die Küche und ließ Wasser in ein Glas rauschen. Gierig trank er und füllte gleich noch einmal nach. Dann war ihm ein wenig besser.

Die morgendliche Runde im Hilfering! Wenn er das Auto nehmen würde, könnte er sie noch schaffen.

Als er an der Sicherheitsschleuse vorbeifuhr, winkte ihm Eberhard zu. Björn verzog keine Miene. Was er mit diesem Menschen machen würde, musste er sich erst noch überlegen. Während der Fahrt zerrte er das zerdrückte Paket aus der Brusttasche und legte es auf das Armaturenbrett. K.O. also. Soso!

## Nacht

Die Bewohner ComeOns wissen ihre Sicherheit nicht zu schätzen. Auf diese einfache Quintessenz lässt sich der Eindruck Eberhard Mehls, des Sicherheitschefs des Ortsteils und diverser Objekte in den großen Wohngebieten der Kreisstadt, reduzieren.

Warum sonst sind die Straßen in den Nächten so leer? Wo sind die fröhlichen Nachteulen, wo die Nachtschwärmer? Wo bleiben die Spaziergänger, wo die Liebespaare?

Nicht einmal Kinder machen die gut ausgeleuchteten Straßen unsicher.

Schon bald, wenn die Straßenlaternen ihr gleißendes Licht auf den reflektierenden Asphalt knallen, scheinen die Straßen wie ausgestorben. Wie tot liegen sie da. Nicht eine Bewegung registrieren die Kameras.

ComeOn ist zur Geisterstadt verkommen.

Zombies huschen in ihren teuren Schlafsilos hin und her. Wenn einer dieser Untoten das Haus verlässt, um bei den Nachbarn einen Schlummertrunk zu nehmen, macht Eberhard ein dickes rotes Kreuz in seinen Wandkalender.

Er greift neben seinen Schreibtisch. Da steht ein offenes Bier. Ein Bierchen in Ehren kann keiner verwehren!

Eberhard führt die Flasche an die Lippen und überblickt die Monitore. Nichts los in dieser Nacht. Alle Gehwege könnten hochgeklappt sein – es würde niemanden interessieren.

Plötzlich geht das Licht aus. Im Wirtschaftsraum des Wachgebäudes am Eingang des Wohngebietes springt das Notstromaggregat an.

Eberhard hört, wie die Pufferbatterien unter Last brummen. Die Notbeleuchtung schimmert rot. Wer sich das bloß ausgedacht hat!

Mit einem Seufzer stemmt sich Eberhard aus seinem Bürosessel; in besseren Zeiten ist der sein ganzer Stolz.

Im Moment ist ihm die Supersitzgelegenheit allerdings egal. Er tastet nach der Taschenlampe; sie baumelt vorschriftsmäßig in ihrer Hülle an seinem Gürtel.

Das Kraftwerk ist ausgefallen. Auf den Straßen ComeOns ist es plötzlich finster wie im Bärenarsch.

Eberhard checkt die Kontrollsysteme; die Ursache ist schnell gefunden. Muss wieder so ein blöder Marder in der Nähe des Trafos gewesen sein. Die Elektronik ist hyperempfindlich. Da muss unbedingt nachjustiert werden.

Schlecht für ihn ist, dass er nun trotz aller Fernwartungssysteme rüber ins Kraftwerk muss. Er muss nur einen einzigen Knopf drücken, dann geht die Anlage wieder. Wie blöd ist das denn?

Eberhard nimmt noch einen Schluck aus der Bierflasche, dann macht er sich auf den Weg.

Seine Schritte hallen, der Lichtkegel der Taschenlampe durchtrennt die Dunkelheit wie ein Laserschwert.

Eberhard fokussiert den Lichtstrahl, der nun einige hundert Meter weit reicht. Das ist einer der Vorteile des Laserlichtes: es driftet nicht auseinander. Der silberne Schornstein des Kraftwerkes schält sich aus der Dunkelheit.

Hinter den Mauern ComeOns senden die gut ausgeleuchteten Straßen der Stadt ihren unverzagten Lichtgruß an ihren Hochsicherheitsteil: Bei uns ist alles in Ordnung!

Die Laternen der Stadt leuchten butterfarben. Die tieffliegenden Wolken reflektieren das Butterlicht so stark, dass Eberhard, dessen Augen sich inzwischen an die Dunkelheit gewöhnt haben, die Taschenlampe eigentlich nicht mehr braucht. Er schaltet die Lampe aus.

Nun sieht ComeOn richtig unheimlich aus. Eine finstere Enklave, die Stadt der Untoten, befindet sich inmitten der gut beleuchteten Straßen der City.

Das Bier drückt. Vor dem Schiebetor des Kraftwerkes tritt Eberhard zur Seite und pinkelt in eine Hecke. Der Schekel einer Fahnenleine schlägt gegen einen Fahnenmast: Bong, bong, bong!

Seltsame Stimmung. Eberhard läuft eine Gänsehaut über den Rücken. Er beeilt sich nun, drückt das Nebentor auf und hastet über das Kraftwerksgelände.

Die dunklen Wände ragen hoch auf. Auch im Kraftwerk weisen ihm die roten Notlichter den Weg bis zur Warte.

Er deaktiviert den Alarm, obwohl die grüne LED der Scharfschaltung nicht leuchtete.

Muss das so sein?

Na, egal, die rote LED des Notschalters jedenfalls, die tut ihren Dienst, und als Eberhard die notwendigen Schalthandlungen vorgenommen hat, gehen die Lichter wieder an. Auch der Kraftwerkshof wird nun wieder beleuchtet und

hinter dem Tor sieht er das Licht der ersten Stra-
ßenlaterne. Alles wieder im Lot!

In der Küche der Warte steht ein Kasten Kloster-
bräu. Ein Witzbold hat einen Zettel daraufgelegt.

„Prost! Für euch Helden der Arbeit!"

Eberhard lächelt, da hatte mal jemand einen Sinn
für das Wesentliche! Er greift sich eine Flasche
und lässt den Schnappverschluss ploppen.

In einem langen Zug rinnt ihm das Bier die Kehle
hinab.

„Äch! Als ob einem ein Engelchen in die Kehle
pinkelt…"

Herr Mehl kommt nicht mehr dazu, die Flasche
auf dem Tisch abzustellen. Das Neuroleptikum
fällt ihn wie einen Baum.

Als Björn hört, wie der Mann zu Boden geht, tritt
er aus dem Korridor hinter der Kochnische. Er
zieht die Spritze mit dem Insulin, welches er aus
Godes Badezimmerschrank entwendet hat, drückt
den Stempel nach oben, bis keine Luft mehr
nachkommt. Schließlich will er dem Mann einen
sauberen Tod bescheren!

Eberhards Augen folgen Björn. Der kniet sich
neben ihn und drückt ihm die Wangen zusammen.

„So, du Sau, jetzt werde ich dir mal zeigen, wie es ist, wenn man eine reingedrückt bekommt."

Björn trägt Gummihandschuhe. Sind die zu glatt? Es gelingt ihm nicht, mit einer Hand den Mund Eberhards so aufzudrücken, dass er mit der Spritze an die Stelle unter der Zunge kommt, auf die er es abgesehen hat.

Dort fällt eine Zwangsinjektion am wenigsten auf, hat er gelesen. Eberhards Augen folgen ihm immer noch. Er hat sie jetzt weit aufgerissen.

„Glotz nicht so dämlich!"

Björn legt die Spritze ab und fummelt nun, um Eberhards Zunge zu fixieren.

Eberhard beißt zu.

„Au! Bist du blöde?"

Björn haut dem Liegenden voller Wut mit der Faust auf ein Auge. Dann reibt er sich den schmerzenden Finger. Ein wenig Blut tritt aus der Wunde. Der Handschuh färbt sich rot. Björn schaut genauer hin. Wenigstens nicht durchgebissen - das Blut bleibt im Handschuh!

Irgendwie ist Björn beim Schlagen des Wehrlosen die Wut vergangen. Liegt es an diesem Blick, der ihn immerzu verfolgt? Reicht es nicht, dass er dem Kerl ein Veilchen gehauen hat? Das Auge ist inzwischen zugeschwollen.

Er setzt sich neben Eberhard. Auf dem Küchentisch steht eine kleine Flasche. Wenigstens eine Warnung will er dem Kerl noch mitgeben.

Björn schreibt eine Botschaft. Er schreibt mit der linken Hand, damit die Schrift nicht gleich als die seine zu erkennen ist: ‚Frohes Fest! Behalt deinen Pimmel in Zukunft bei dir, sonst ist es dein letztes!‘

Er schraubt die Flasche zu, dann macht er sie mit Spülmittel glitschig.

Das wird ihm Eberhard nie verzeihen.

## Eva

An den letzten Donnerstag denkt Eva nur ungern zurück. Wer hört schon gern von Problemen, die seine Kinder in der Schule machen?

Das allein hätte ja an und für sich schon gereicht. Dazu ging die Klassenlehrerin ihrer Töchter aber mit ihr um, als hätte sie eine Kranke vor sich. Einen solchen Ton konnte Eva überhaupt nicht ab!

Hinterher sagte sie sich, dass ihr eine coole Reaktion viel besser zu Gesicht gestanden hätte. Die Lehrerin drückte ihr volles Verständnis mit den jungen Frauen und Männern in ihrer Klasse aus, die unter den Einfluss von Geschlechtshormonen geraten.

Dann wollte sie wohl einen Scherz machen und fragte, ob Eva auch eine Katze hätte. Ihre jedenfalls würde jedes Mal vollkommen austicken, wenn sie in die Zeit ihres Eisprunges käme. Sie täte ihr dann regelrecht leid. Mit einem kurzen Lacher verbunden meinte sie: „Rollig! Kennen Sie den Begriff? Meine Katze ist dann rollig. Das trifft es!"

Ihre Mädchen mit läufigen Katzen zu vergleichen!

Genau in diesem Moment verlor sie wohl ein wenig die Kontrolle, obwohl sie es hätte besser wissen müssen. Sie reagierte richtig patzig, fast wie eine Vorschülerin.

Eva beugte sich nach vorn, stützte die Hände auf der Resopalplatte ab, als wollte sie gleich aufspringen.

„Will Ihre Katze auch Abitur machen?"

Die Lehrerin lief leicht rot an.

„Verstehen Sie mich bitte nicht falsch… ich wollte nur … Verständnis, verstehen Sie?"

Eva setzte nach.

„Sie, als Klassenlehrerin… Ihnen sollte es doch gelingen, die Schwerpunkte so zu setzen, dass die Ergebnisse Ihrer Lehrtätigkeit zufriedenstellend ausfallen, oder?"

Später sagte sich Eva, dass die Lehrerin sicher ein wenig Recht hatte, denn das Verhalten Nadjas schien tatsächlich dem einer Katze mit Eisprung zu ähneln.

Nadja ging auf Männerfang. Sie verschwand nun jeden Abend noch vor dem Abendessen in Richtung Stadt. Seit dem Tod der Großmutter lag ihr

Ziel mit Sicherheit nicht mehr in der Majakowskistraße.

Auf die Frage ihrer Mutter, mit wem sie sich träfe, bekam sie ein knappes „Mit Freunden!" zur Antwort.

Wenn sie wissen wollte, wo sie ihre Tochter gegebenenfalls finden könnte, erhielt sie ein noch knapperes „Überall!" zur Antwort.

Als sie eines Abends mit dem Fahrrad über den Campus fuhr, war es ihr, als sähe sie das Blondhaar ihrer Nadja.

Es hing über den Armen eines jungen Mannes; die Augen des Mannes blieben in einem langen Kuss geschlossen.

Nadja kam erst in der Nacht heim. Eva machte sich schwere Sorgen.

Aber all die phantastischen Vorstellungen, die ihr durch den Kopf geisterten, wenn sie an die Zärtlichkeiten Nadjas dachte, wurden eines Tages durch Milas Wunsch noch in den Schatten gestellt.

Mila verliebte sich. Ihren Liebsten, Miguel heißt er, hatte sie in einem Chat kennengelernt. Diesen Freund würde sie nun gern besuchen. Sie fragte ihre Mutter allen Ernstes, ob sie ihr siebentausend Euro leihen könne, um mit diesem Geld eine Reise nach Cordoba zu bezahlen. Denn in Cordoba, in Argentinien, wohnt ihr Miguel!

Außerdem, hier wurde Mila eifrig, könnte sie die Familie des jungen Mannes unterstützen. Gleichzeitig würde sie den Armen dort helfen und schlüge somit gleich zwei Fliegen mit einer Klappe.

Die Organisation, welche die Reisen nach Argentinien anbietet, sorgt gleichzeitig neben Reise und Unterkunft auch noch mit für ihre Sicherheit! Ein Rundumsorglospaket also! Wo sie doch so auf Sicherheit stünden, hier in ComeOn!

Der Zeitpunkt der Reise stand ebenfalls schon fest. Im Juni, also in wenigen Wochen, geht es los.

Die erste Reaktion Evas in diesem Fall diktierte allein ihre finanzielle Situation. Sie sagte einigermaßen lakonisch „Bei dir piept es wohl?"

Sie machte sich den Vorwurf, dass sie in keiner Weise auf das Anliegen Milas einging, ihren lateinamerikanischen Lover in die Arme schließen zu können.

Sie machte den nächsten Fehler, Mila absolute Weltfremdheit vorzuwerfen.

„Wo lebst du denn? Siebentausend Euro? Mensch, Mila, die hätte ich gern... Weißt du denn nicht, wie knapp wir sind?"

Nein, Mila wusste das nun tatsächlich nicht. Sie warf die Hände über den Kopf.

„Immer nur das Geld! Nie zählt, was wir wirklich brauchen. Nimm doch Kredit auf."

Björn reagierte in der Nacht nach dieser unerquicklichen Diskussion eher gelassen. Er kam wie immer erst am späten Abend heim.

„Ich kann schon verstehen, dass die jungen Leute aus einem der reichsten Länder dieser Erde bei den Armen helfen wollen. Und wenn sie dort noch einen Mann trifft, der sich um sie kümmert..." Björn zuckte mit der Schulter.

Eva schnaufte nur. Als ob sie das Geld *übrig* hätten. Dann eben allein.

Am nächsten Morgen, noch bevor Mila und Nadja in Richtung Stadt verschwanden, stellte ihre Mutter sie zur Rede.

Eva stellte sich zwischen Ausgang und Küche, in der die beiden gerade ihre Frühstücksutensilien zusammenpackten.

„Ich wollte mit euch reden. Setzt euch mal bitte hin."

Mila und Nadja horchten auf. Sie klemmten sich hinter den Tresen, stützten die Arme auf und schauten ihre Mutter aufmerksam an.

„Passt mal auf, so geht das nicht. Eure Lehrerin hat mir gesagt, dass eure Leistungen in den Keller gehen. Dich, Nadja, habe ich vor der Mensa gesehen. Du hast *rumgeknutscht*! Und du, Mila, willst siebentausend Euro ausgeben, um in Cordoba *rumzuknutschen*!

Ab sofort kommt ihr nach der Schule *sofort* nach Hause und lernt. Habt ihr mich verstanden?"

Und nun machte sie den letzten und kardinalen Fehler. War wohl alles ein wenig viel gewesen in der letzten Zeit. Sie drohte.

„Wenn ihr euer Abi jetzt nicht an erste Stelle setzt, fliegt ihr hier raus! Verstanden?"

Die Mädchen reagierten absolut cool. Sie nickten, packten ihre Schulsachen und verschwanden.

Am Abend wartete Eva, die sich wegen der Szene inzwischen leichte Vorwürfe machte, vergebens auf die Heimkehr ihrer Töchter.

Mila und Nadja hatten ihre Entscheidung getroffen und sie setzten die Prioritäten etwas anders als von Eva gewollt.

## Nadja

Mama weiß ganz bestimmt nicht mehr, wie der Hase läuft. Sonst wäre sie uns nicht mit dem Quatsch vom Abi gekommen.

Wer weiß, wenn mich Eberhard nicht aufgeklärt hätte, wüsste ich bestimmt ebenso wenig wie sie. Aber so?

Ich muss da etwas weiter ausholen.

Nach Omas Tod lief Opa wie ein Roboter rum. Das war einfach nicht zum Aushalten.

Papa hat ihn bei sich im Hilfering weiterarbeiten lassen. Das war bestimmt clever, denn sonst hätte Opa vielleicht wieder getrunken.

So aber dachte Opa nur noch an die Arbeit. Eigentlich wurde er Papa damit ziemlich ähnlich. Bloß, der änderte sich.

Ich denke, das muss mit dem Vergewaltigungsversuch zusammenhängen. Wenn uns der blöde Eberhard nicht verwechselt hätte, wäre Oma vielleicht noch am Leben.

Aber wer weiß das schon. Geschichte läuft schließlich nicht rückwärts. So viel habe ich im Unterricht mitbekommen, und das gilt selbstverständlich in unserer Familie genauso, wie meinetwegen für die Entstehung des Afghanistankonfliktes.

Wäre Eberhard *mir* an die Wäsche gegangen, ich hätte darüber gelacht! Vielleicht hätte ich ihm eine geknallt, das wäre möglich. Aber ich hätte nicht rumgequiekt wie Mila.

Opa wäre auf den Beinen geblieben und hätte Papa nicht gesteckt, dass Eberhard ein Vergewaltiger ist.

Denn so muss es gewesen sein. Woher hätte Eberhard sonst sein blaues Auge, wenn nicht von Papa?

Warum sonst hätte er mich angehalten, um mir zu sagen, wie *kaputt* meine Familie wäre?

Holger studiert schon zwei Jahre lang Jura. Er hat eine Wohnung in der Scottstraße. Ich werde zu ihm ziehen, bis sich die Dinge in meiner Familie wieder beruhigt haben.

Mila wollte inzwischen Oma Elli anpumpen. Die hätte ihr das Flugticket nach Cordoba bezahlt, ganz klar. Siebentausend Euro hat das tatsächlich nicht gekostet, da hatte Mama ganz Recht.

Das Ticket kam ganze zweihundertfünfzig Euro, und die hatte Mila noch von der Jugendweihe. Aber dafür muss sie sich nun um Unterkunft und

Verpflegung selbst kümmern. Na, ich denke, Miguel wird ihr schon dabei helfen. So schwierig kann es schließlich nicht sein, in Cordoba klarzukommen. Da wohnen doch eine Menge Leute.
Und das Abi? Als ob es nicht auch ohne ginge. Ich denke, das kann ruhig ein wenig warten.

## ComingOut

There's a blaze of light in every word
It doesn't matter which you heard
The holy or the broken Hallelujah*

*Leonard Cohen –Songtext ‚Hallelujah'


Lieben.
Hingebungsvolles Sich-Öffnen.
Verschmelzen.
Immer und immer wieder.**


**Annerose Schubert - Gedicht ‚Heute'

## Eberhard

Nadja, jeden Morgen Nadja. Kein Wunder, dass ich ein wenig närrisch wurde.

Dabei weiß ich es: Ich könnte sie niemals halten. Sie ist einfach zu jung für mich. Beispielsweise hätte ich keine Lust, jedes Wochenende mit ihr auf eine Party zu gehen.

Außerdem stünde mein Dienstplan dem im Wege. Aber selbst wenn ich Zeit dafür erübrigen würde, stellt sich für mich die Frage, warum auch, wenn sie doch mich hätte.

Andersrum kann ich mir nicht vorstellen, wie Nadja sich damit zufrieden geben würde, ihre freie Zeit bei mir auf dem Sofa oder besser noch im Bett zu verbringen.

Eine Weile mag das ja gehen, aber als Lebenskonzept? Am Ende wäre es ihr langweilig geworden mit mir, wie all den anderen Ladys auch.

Spätestens wenn die Frauen mitkriegen, wie stark meine berufliche Belastung ist, wird die Sache schwierig.

Dann kommen in der Regel die unregelmäßigen Dienste dazu und aus ist es.

Ich mache mir da nichts vor.

Die Sache mit Mila tut mir wirklich leid. Als der Alte zusammenbrach, hat mich der Fluchttrieb überwältigt.

Ich hätte es besser machen können, das steht fest! Dann wäre mir auch der Weg zur Polizei erspart geblieben und der fette Hauptkommissar gleich mit.

Nur das durfte ich dem arroganten Lackaffen Björn nicht durchgehen lassen.

Einen Schlag ins Gesicht, ein Veilchen? Schwamm drüber.

Nach unseren Behandlungen ist schon so manch Delinquent mit einem blauen Auge davongekommen. Das hätte ich locker weggesteckt.

Aber die andere Sache… Wenn das publik wird, ist mein Renommee als Sicherheitschef im Eimer. Oder sollte ich im Arsch sagen? Nach Späßchen ist mir allerdings nicht zumute in dieser Beziehung.

Und Björn? Der ist immer noch auf freiem Fuß.

Der Rechtsstaat ist eben schwach. Das ist zwar gut, denn sonst gäbe es solche Berufe wie den meinen nicht, aber wenn mal ernsthaft Hilfe gebraucht wird, muss sich jeder selber kümmern. So ist das!

Morgen habe ich wieder Termin bei dem Dicken in der Kreisstadt. Wenn der eine Frau wäre – ich glaube, der könnte ich eher sagen, was Björn mit mir gemacht hat.

Dann steht Eberhard auf. Er will die Flaschenpost, die er - sorgsam in Folie verpackt - aufbewahrt hat, als Beweismittel vorlegen. Vielleicht!
Hauptkommissar Armleutner zwängt sich am nächsten Tag hinter seinem Schreibtisch hervor. Eine blöde Regel, alle Besucher an der Pforte abholen zu müssen.
Als er die Anwärterin an der Pforte ganz höflich bittet, ihm den Kunden hochzuschicken, fragt sie ihn, ob er es denn nicht wüsste: Alle Besucher der Polizeidienststelle müssen abgeholt werden!
Trotz des sachlichen Tons, der zwischen ihnen als Kollegen herrschte: der Hauptkommissar kann es hören, das kleine versteckte ‚Armleuchter!', welches sich im Kopf der Frau dort an der Pforte bildet. Denn „Armleuchter" ist sein inoffizieller Spitzname.
Armleutner wälzt sich also die Treppe hinunter, um den Kerl abzuholen, der behauptet, mit K.O.-Tropfen außer Gefecht gesetzt worden zu sein. Was will der Kerl bloß von ihm?

Dieser Mehl hat doch allen Ernstes verlangt, einen angesehenen und unbescholtenen Wissenschaftler, namentlich Dr. Björn Born, wohnhaft in der neuen Community ‚ComeOn' im Osten der Stadt, zu verhaften, weil ihn dieser entführt und geschlagen hätte.

Die K.O.-Tropfen hätte ihm besagter Doktor der Psychologie übrigens in ein Bier gemischt, welches er sich aus einem Kasten in der Küche des Kraftwerkes dort genommen hätte!

Der Hauptkommissar lächelt still vor sich hin.

Bier im Kraftwerk! Zustände sind das!

Als er den Wartebereich an der Pforte erreicht, steht Eberhard auf.

Da ist er ja, dieser Oger!

Ihn wundert der Anblick des dicken Hauptkommissars. Müsste der nicht fit sein, in diesem Beruf? Wie will der denn bei all seiner Behäbigkeit Verbrechen aufklären?

Doch der äußere Schein trügt. Armleutner besitzt einen messerscharfen analytischen Verstand. Es stimmt zwar, die Treppen rauf und runter geht er ungern, aber dafür hat er Mathilde Sonntag. Und Mathilde läuft gern. Schade, dass Mathilde heute frei hat. Die hätte den Mehl gern hinaufgeholt ins Büro. Das steht fest.

Als Eberhard Mehl in dem kleinen Büro des Haupkommissars Platz genommen hat, kommt dieser gleich auf den Punkt.

„Es tut mir leid, Herr Mehl. So wie die Dinge liegen, können Sie ihre Anzeige zurückziehen. K.O. durch ein Bier am Arbeitsplatz? Ich bitte Sie! Und ein Veilchen durch einen Schlag aufs Auge? Ha!"

Die Massen des Kommissars wackeln ein wenig.

„Haben Sie sich beim Durchgangsarzt gemeldet, damit der die Angelegenheit als Betriebsunfall aufnimmt?"

Sein rundes Gesicht verzieht sich zu einem breiten Lächeln. Er sieht wie ein zufriedener Buddha aus, dieser Armleuchter!

Eberhard ist wütend. Nun muss er wohl mit der ganzen Sache rausrücken. Er knallt die Tüte mit der Flasche auf den Tisch.

„Ihr sauberer Wissenschaftler hat mich vergewaltigt. Damit!"

In der Plastiktüte steckt eine kleine Flasche. ‚Kleiner Feigling' steht darauf und in ihr steckt ein noch kleinerer Zettel.

Mit spitzen Fingern hebt der Hauptkommissar die Tüte an.

Am nächsten Tag wird Björn verhaftet und in das nächstgelegene Gefängnis in Stralsund überführt.

# Eva, Eva, immer wieder Eva

Björn hat unwahrscheinliches Glück, meinte zumindest sein Anwalt.

Bei einer derartig brutalen Verletzung der Würde eines anderen Menschen hätte er sich ebenso gut eine mehrjährige Haftstrafe einfangen können.

Der Richter zeigte Verständnis für die Wut, die einen Vater packen kann, der erfährt, dass seine Tochter in einer dunklen Ecke eines Kraftwerkes gegen ihren Willen vernascht werden sollte.

Vernascht! Das war das Wort, welches Eberhard Mehl verwendete, als er die Situation beschrieb.

Er habe doch nur Nadja vernaschen wollen, die ihm deutliche Zeichen gesendet hätte, dass etwas ginge mit ihr.

Nadja protestierte lautstark und selbst die wiederholten Aufforderungen des Richters konnten sie nicht beruhigen.

Sie wurde aus dem Saal geführt. Mila konnte an der Verhandlung nicht teilnehmen. Sie befand sich zu diesem Zeitpunkt in Cordoba.

Dr. Wagner entließ nach der Verhandlung seinen Sicherheitschef ohne viel Federlesens. Hinter der jovialen Fassade des glatten Vertrieblers verbirgt sich neuerdings ein ganz passabler Mann.

Binnen Monatsfrist brachte er einen Interessenten aus Berlin an, dem unser Haus in ComeOn so gut gefiel, dass er bereit war, fast das Doppelte dafür zu bezahlen was es uns zum Einstand kostete.

Weil unser Nachfolger nicht das ganze Jahr über hier wohnen würde, passten ihm die verschärften Sicherheitsbedingungen ganz gut.

Schließlich wollte er seine Wohnung nach längerer Abwesenheit nicht ausgeräumt vorfinden.

Der Mann besaß eine Segelyacht und ab und zu zog es ihn für einige Wochen auf das Meer hinaus.

Für mich ergab sich kurzfristig die Gelegenheit, das alte Haus Godes am Ryckbogen zurückzuerwerben.

Für den Besitzer nach meinen Eltern ruhte wohl kein Segen auf dem Haus, denn ich habe es auf einer Zwangsauktion ersteigert.

Seltsamerweise hat mich Mila auf den Versteigerungstermin aufmerksam gemacht.

Sie befand sich zu der Zeit schon in Cordoba. Ihr Spanisch ist inzwischen ganz passabel.

Ich ärgere mich inzwischen darüber, dass ich alle Register gezogen hatte, ihr die Fahrt zu ihrem Miguel zu erschweren.

Letztlich hat sie sich durchgebissen, ihren Willen durchgesetzt.

Das respektiere ich inzwischen.

Im Juni wollen Mila und Miguel uns in unserem neuen, alten Haus besuchen kommen.

Mein Vater war übrigens Feuer und Flamme als es daran ging, das Haus am Ryckbogen zurückzuerobern.

Gode hat mich unterstützt, wo es nur ging.

Ihn piekte wohl das schlechte Gewissen, denn er hat die Sache mit Mila nicht gerade deeskaliert.

Er meinte neulich, wenn Franka und er nicht im Kraftwerk gewohnt hätten, wäre alles anders verlaufen. Dann wäre Mila nicht auf die Idee gekommen, dort nachts aufzutauchen.

Ich denke, das ist schlicht und einfach Unsinn.

Hinterher, das haben wir schon im ersten Studienjahr gelernt, lässt sich jede Situation so interpretieren, dass sie in beliebige Theorien eingefügt werden kann.

Nach der Verhandlung wartete Nadja vor dem Gericht auf mich.

Sie hat mich umarmt und ein bisschen geweint.

Holger ist wohl ein ziemlicher Stinkstiefel.

Sie will trotzdem noch bei ihm bleiben.

Über das geschmissene Abitur habe ich mit ihr noch nicht geredet.

Erstaunlicherweise würde ihre ehemalige Klassenlehrerin Nadjas Rückkehr in die Schule sogar unterstützen.

Dort lief wegen der Seuche auch nicht alles glatt – die ganze Klasse muss das Jahr wiederholen.

Der Ausfall war insgesamt zu hoch.


Neulich, als ich mal wieder ganz allein aufwachte, sangen vor dem Haus die Vögel. Ich schlafe übrigens neuerdings bei offenem Fenster, wie früher.

Ich lag auf dem Rücken und die guten Gerüche des Flusses umfingen mich. Die Eschenblätter raschelten leise im Wind.

Sonnenstrahlen malten vergängliche Muster an die Wand neben meinem, neben unserem Bett.

Vor dem Fenster sangen die Vögel um die Wette. Sie müssen sich bald um ihre Brut kümmern.

Und ich? Ich kann lieben!

Ich muss mich beeilen – es ist noch so viel zu tun, bis zum Sommer.

Schade, dass mir Björn nicht helfen kann. Aber vielleicht wird er vorzeitig entlassen. Unser Anwalt hat da so Andeutungen gemacht...

*Zum Autor:*

*Jens Kirsch,*

geboren 1958, Ausbildung als Diplomphysiker an der Universität in Greifswald.

Tätigkeiten im einzigen ehemaligen Atomkraftwerk der DDR, an der Uni Greifswald, bei den Stadtwerken Greifswald, 14 Jahre Gemeindevertreter in der Gemeinde Wackerow

Malerei seit 1978, Website:

www.kirsch-immenhorst.de

Mehrere Veröffentlichungen in der Dorfzeitung Wacker(ow) Blatt, Ostseezeitung, Künstlerzeitschrift „Die Buhne".

Verheiratet, vier Kinder, elf Enkel

Bereits im gleichen Verlag erschienen und
im Online-Handel verfügbar:

**Wer sucht, der versucht...**

**Die Welt in der wir leben**

**ISBN 978-3-7412-6129-8**

Josef Dainer hat die Nase voll vom Job. Er will in
der Abgeschiedenheit des Ryckbogens ein neues
Leben beginnen. Wenn nur der Zwang Geld zu be-
schaffen nicht wäre!

Kommen Sie mit auf die Reise aus dem vorpommer-
schen Greifswald nach Ghana, in das indische Agra
und zu den Astronauten der ISS. Die Probleme gleichen sich in verblüffender Weise: Das Leben muss
gesichert werden. Aus dieser Suche nach Sicherheit
erwachsen Versuche, immer neue Versuche...

**Benterdal**

ISBN 978-3-7392-3807-4

Stoffel, ein ausgesteuerter Schlosser, dessen tätige Hilfe im ganzen Dorf gern angenommen wird, sucht nach einem neuen Sinn in seinem Leben. Gut ist, dass ihn die Beseitigung nicht ganz ökologischer Hanfprodukte nach Benterdal führt, wo er auf Josef stößt. Hier starten sie und ihre Mitstreiter den Aufbau einer solidarischen Dorfgemeinschaft, die durch den Zustrom von Flüchtlingen ungewollt beschleunigt wird. Eine Entwicklung, deren Ende nicht abzusehen ist…

**Es war einmal ein Dorf**

**ISBN 97 837 412 07570**

Der Fischer Ture gerät anno 1168 mit dem ihm an-
vertrauten Mädchen Lyr in die Auseinandersetzungen des Königs von Dänemark mit Fürsten und
Herzögen um die Vorherrschaft auf der Insel Rügen.
Dieser Kampf der Mächtigen zerstört das Leben
einfacher Leute. Auch Lyr und Ture werden in einen
Strudel von Gewalt und Hass gezogen. Ihre Flucht
vom Kap Arkona soll ihnen eine neue Heimat liefern. Doch Inger, Freundin Tures aus Kindertagen,
steht der Liebe des ungleichen Paares im Weg.

**Kursverlust**

**ISBN 9 783 744 848 442**

Ein junger Ingenieur wird zum Kapitän, um seinem bisher allzu absehbaren Leben neuen Schwung zu geben. Er will gemeinsam mit seiner Freundin auf große Fahrt gehen. Dafür benötigt er Geld, das er als Schiffer in Berlin verdienen will. Dieses Projekt scheitert in jeder Hinsicht grandios. Allerdings lernt der unerfahrene Kapitän dabei einen sehr erfahrenen Berater kennen, der gerade einen Weg sucht, sein Geld vor dem Fiskus unsichtbar werden zu lassen und bei diesem Kunststück des Schiffers Hilfe gut brauchen kann.

So beginnt ihre gemeinsame Seefahrt nach Monaco, sie sehen Menschen sterben und sie retten Menschen. Das viele Geld, das ihren Weg begleitet, bestimmt und verändert nicht nur ihr eigenes Leben – und wie!

**Bonobo**

ISBN 9 783 746 025 940

Der Lebensraum der Menschenaffen schrumpft dramatisch. Zwei Überlebensstrategien prallen aufeinander: die kämpferisch aggressive der in die Enge getriebenen Schimpansen prallt auf das harmonieorientierte Lebenskonzept ihrer nächsten Artverwandten, der Bonobos. Für beide Gruppen geht es um Leben und Tod, denn sie werden von ihren entfernteren Artgenossen, den Menschen, gnadenlos verdrängt. Doch nicht nur ihr Lebensraum schwindet. Sie selbst sind es, die als Bushmeat das notwendige Eiweiß für die Männer liefern, die ihre Wälder abholzen. Ein perfider Fleischwolf dreht sich, der mit Besorgnis und wissenschaftlichem Interesse von deutschen Verhaltensforschern beobachtet wird, die bald selbst in den Fokus von Überlebensstrategen geraten...

Wie wird dieser Kampf enden?

## Sauerstoff – Geschichten zum Einschlafen

ISBN 9 783 750 437975

Ob Ella besser einschlafen wird, wenn ihr Mann Fred nicht mehr schnarcht? Ob Marja, mit Freundin Petra und Großmutter, jemals Wolin, welches so sehr dem sagenhaften Vineta gleicht - für die Großmutter jedenfalls-, erreichen wird? Wird Mucki die Schläge seiner Mutter verkraften? Vertreiben die Männer um den langen Petersen vermeintliche Diebe aus ihrem Dorf?

Lesen Sie die teils vergnüglichen, teils bitteren Geschichten, die zwar in ihren kurzen Fassungen Einschlafformat haben, nicht jedoch in ihren Inhalten.

**Was uns gelingt - Geschichten für den Tag**

ISBN 978-3-7526-6771-4

Was uns gelingt machen wir gut. Bloß, oftmals führen unsere Vorhaben uns auf Ab- und Umwege. Es ist eher selten, dass die Ergebnisse unseres Handelns so aussehen, wie unsere Pläne, unsere Wünsche das vorgaukelten. Damit wir an diesem Umstand nicht verzweifeln, geben uns die kleinen Geschichten dieses Buches Mut für den Tag.

**Knapp daneben - Geschichten für den nächsten Tag -**

**ISBN 9783755737858**

Knapp daneben ist auch vorbei. Mir selbst ist im Leben so manches danebengegangen. Ihnen auch? Dann seien Sie eingeladen zu einem Ausflug in die bewegte Welt ambitionierter Menschen, die oft genug das Pech haben, die Ziele ihrer Bemühungen nicht mit den Ergebnissen in Einklang bringen zu können.

Das kann tragisch sein, muss es aber nicht. Die große Komödie des Lebens, sie steckt uns auch in den ‚Geschichten für den nächsten Tag' die Zunge heraus!